Sylvia Loritz ist 1968 geboren und lebt mit ihrer Familie in einem kleinen Dorf in Oberschwaben. Am liebsten reist sie durch Italien, der Heimat ihres Herzens und lernt Land und Leute kennen. Minus 196° Celsius in der Toskana ist ihr erstes Buch.

Sylvia Loritz

Minus 196° Celsius in der Toskana

Ein Urlaubs-Krimi

© 2021 Sylvia Loritz
Umschlag, Illustration: Christian und Sylvia Loritz
Lektorat, Korrektorat: Corinna Miller
Weitere Mitwirkende:
Christian Loritz, Monja Loritz, Josy Miller,
Ellen Enderle, Dr. Stefania Esposito-Depprich

Verlag & Druck: tredition GmbH,
Halenreie 40-44, 22359 Hamburg

ISBN
Paperback 978-3-347-40082-5
Hardcover 978-3-347-40083-2
e-Book   978-3-347-40084-9

Bücher können Körper, Geist und Seele
in Einklang bringen.
Während wir lesen, kann unser Körper ruhen und
sich von der täglichen Arbeit erholen,
gleichzeitig kann unser Geist grenzenlos und frei
schweben und unsere Seele kann in Geschichten
eintauchen und mit den Romanfiguren mitfühlen.

Für Christian

Kapitel 1

Als Sabine den Umschlag im Briefkasten fand, fingen ihre Hände an zu zittern. Staatsanwaltschaft Livorno Repubblica Italiana... stand in blassen blauen Buchstaben auf dem Brief. Verdammt, ja es war ihr Name, ihre Adresse. Mist, schon wieder ein Strafzettel wegen zu schnellem Fahren. Wie oft denn noch? Geht es denn keinen Monat ohne? Sie schüttelte den Kopf. 'Aber eigentlich war ich vor vier Jahren das letzte Mal in Italien. Mensch, da mahlen die Mühlen der Bürokratie aber extrem langsam.'

Auf dem Weg zurück ins Haus riss sie ungeduldig den Umschlag auf und suchte nach der Angabe eines Betrages in soundso vielen Euro, fand aber nichts. Außer dem Wort Vorladung verstand sie nicht viel. Es war einfach zu viel Beamtensprache, aus dem Italienischen schlecht übersetzt. Der Brief flog erst mal schwungvoll auf den Küchentisch und landete zwischen Zuckerdose und Marmeladenglas. Sabine musste sich erst wieder konzentrieren. Sie hatte sich ihr ersehntes Wochenende anders vorgestellt. Es war einer ihrer wenigen freien Samstage und sie hatte sich vorgenommen, gemütlich zu frühstücken, die Sonne zu genießen und es sich gut gehen zu lassen. Statt dessen regnete es, das Wetter war viel zu kalt für Anfang August und sie musste sich mit dieser Nachricht herumschlagen. Sie holte tief Luft und band ihre blonden, langen Haare zu einem lockeren Pferdeschwanz zusammen.

"Ruhig atmen, ein und aus, ein und aus," sagte sie mit tiefer Stimme zu sich selbst. "Om shanti shanti Om". Sie wiederholte das Mantra solange bis sie spürte, dass ihr Herzschlag ruhiger und ihr Atem gleichmäßiger ging. Gott sei Dank hatte sie mit Yoga ihr Leben in den Griff bekommen. Sie hatte viele Hürden überwunden in den letzten Jahren und allmählich gelernt mit unangenehmen Situationen richtig umzugehen. Sie würde es auch diesmal schaffen, sich dem Problem zu stellen.

Etwas ruhiger fing sie an, den Brief von Anfang an zu lesen und es stellte sich schließlich heraus, dass es sich um eine Testimonianza handelte. Sie wurde um eine Zeugenaussage gebeten, aufgrund einer kriminalistischen Untersuchung in der Provinz Livorno. Ermittlungen in einem ungeklärten Mordfall erforderten ihre Anwesenheit. Näheres würde ihr vor Ort mitgeteilt. Nur soviel war klar, dass sie am 19. August um elf Uhr auf der Staatsanwaltschaft Livorno erscheinen sollte.

Das ganze Wochenende über dachte Sabine nach, wie in Gottes Namen sie in diese Situation geschlittert sein konnte. Es musste eine Verwechslung vorliegen oder irgendein bürokratischer Fehler. Gleich am Montag rief sie auf dem Polizeirevier in ihrer Stadt an und nahm sogar mit dem italienischen Konsulat Verbindung auf. Ihr wurde aber jedes Mal versichert, dass es keine Möglichkeit gab, diese Zeugenaussage vor Ort zu umgehen. Daraufhin blieb ihr nichts Anderes übrig, als ein paar Tage Urlaub zu beantragen. Dies war kein Problem, seit längerer Zeit war sie nicht mehr Abteilungsleiterin in der Boutique und somit abkömmlich. Vielmehr schmerzte es sie, die wenigen Urlaubstage die sie hatte, für diese Angelegenheit in Livorno, zu opfern. Sie hätte sich dieses Jahr gerne noch eine Pauschalreise gegönnt, aber die fiel jetzt ins Wasser. Die freundliche Mitarbeiterin des Reisebüros vermittelte ihr stattdessen ein freies Zimmer in einem kleinen Albergo, natürlich völlig überteuert, da gerade Hauptsaison war. Keine zwei Wochen später hatte sie den kleinen Koffer gepackt und war in ihrem weißen VW Polo in Richtung Süden unterwegs.

Auf dem Fernpass war es relativ ruhig und der Verkehr floss zügig. Auf der Gegenspur Richtung Deutschland allerdings stockte es ab und zu. 'Urlaubsrückkehrer', dachte Sabine. Jedes Jahr die gleiche Karawane. Fast fünfzig Wochen im tristen Deutschland um dann zwei, vielleicht wenn man Glück hat, drei Wochen Sonne, Strand und Meer zu

pachten, um anschließend mit einigen *litri*[1] Oliven-
öl, Rotwein, *cantuccini*[2] und jede Menge Wehmut
nach Hause zu trotten. Immer mit einem traurigen
Blick zurück.

Der Spruch: 'Siehst du das Meer im Rückspiegel, bist du auf dem falschen Weg[3]', fiel ihr ein. So
gesehen befand sie sich auf dem richtigen Weg,
aber sie hatte ein seltsames und mulmiges Gefühl.

Als das Autoradio die österreichischen Sender
nicht mehr ohne Rauschen empfangen konnte, ging
sie auf Sendersuche und schließlich ertönte die melodische, fröhliche Stimme einer italienischen Mo-
deratorin. Ein wohliges Gefühl durchströmte Sabine und es war, als streichelte jedes Wort ihre Haut,
bevor es, verstanden oder auch nicht, durch sie hin-
durchströmte. Sabine hatte nach ihrem letzten Itali-
en-Urlaub tatsächlich einige VHS-Kurse in Italienisch gemacht. Einiges, wenn auch nicht viel, war
doch hängengeblieben.

"*Pubblicità*[4]" dröhnte vielsagend eine Stimme
aus dem Radio und Sabine fühlte sich fröhlich an-
gesteckt von der Begeisterung der vielversprechen-
den Werbeslogans. Sie war zufrieden, hatte ihren
inneren Widerstreit in Balance bringen können. Vor
vier Jahren war dies noch völlig undenkbar gewe-

---

1   Ital.: Liter
2   Italienisches Gebäck
3   Verfasser unbekannt
4   Ital.: Werbung

sen. Da fing der Morgen mit Zigarette und schwarzem Kaffee an und hörte mit Zigaretten und Rotwein, oder ein, zwei Bierchen auf. Anders hatte Sabine den Tag nicht überstehen können. Damals hatte ihr Chef sie in den Urlaub geschickt mit der Begründung, wenn sie so weitermache, sei sie geschäftsschädigend. Er hatte sogar mit Kündigung gedroht.

"Sabine, fahr doch mal weg, schau dass du zu dir kommst und lass die Trinkerei sein, wenn du dann dein Leben wieder im Griff hast schauen wir weiter ..."

Sie war entsetzt gewesen. Hatte sie sich nicht sechs Tage die Woche, oft mehr als neun Stunden täglich, buchstäblich den Arsch aufgerissen, um die kleine Modeboutique in der Innenstadt zu schmeißen? Immer am Limit, ohne Verschnaufpause. Immer die Nase vorn, immer informiert über den neuesten Schrei. Alle ihre Stammkundinnen hatten ihrem guten Gespür für kommende Trends vertraut. Sie waren eine richtige Community gewesen und oft hatte man kleine Modenschauen zelebriert, bei denen flaschenweise Sekt oder auch Härteres geflossen war. Allerdings hatte es gewisse Damen der gehobenen Gesellschaft gestört, dass Sabines Zunge mit dem Alkohol nicht nur leichtsinniger, sondern auch ehrlicher und bissiger wurde und die ein oder andere Bemerkung ihrerseits nicht gerade gut ankam. Sie war damals überzeugt gewesen, dass diese sogenannten Ladys ihrem Chef nahegelegt hatten, sie abzusetzen. Nun ja, so hatte sie sich dann die Auszeit nehmen müssen, die eigentlich schon lange überfällig war. Heute musste Sabine nur den Kopf schütteln über ihre Scheuklappen, ihre eigene Dummheit und Sturheit. Das war damals das Beste was ihr passieren konnte, auch wenn sie das bis dato nicht glauben wollte.

Im vorgeschriebenen Tempo folgte sie der A 22, ließ die Stadt Mantua hinter sich und durchquerte die Po-Ebene, das norditalienische Tiefland. Vorbei an braunen oder bereits abgeernteten Mais- und Weizenfeldern. Ab und zu sah sie mit Wasser geflutete Felder. Erst dachte sie an eine Überschwemmung, doch dann wurde ihr klar, dass es Reisfelder sein mussten. Ihr fiel das italienische Wort für Reis ein, *riso*, das auch 'gelacht' bedeutet. Unwillkürlich lächelte sie. Sie dachte an die Verkaufsstände an den Landstraßen, die alles anboten, was diese fruchtbare Gegend wachsen ließ. Tomaten, Melonen, Auberginen, Zucchini, grüne Bohnen und vieles mehr. Ganz kurz hatte sie das Verlangen, von der Autobahn runter zu fahren und sich ein paar Köstlichkeiten zu besorgen. Doch sie wollte noch vor der Dunkelheit in ihrem Albergo[5] einchecken und so fuhr Sabine weiter und gönnte sich erst nach Bologna eine kurze Rast an einer Tankstelle. Sie

---

5   Ital.: Hotel

12

genoss eine Tasse Espresso, der hier viel besser schmeckte, als in jedem Café in ihrer Stadt. Etwas ausgeruht und mit vollem Tank fuhr sie weiter durch die sich verändernde Landschaft. Sanfte Hügel bestimmten jetzt das Erscheinungsbild. Weinberge und Olivenhaine wechselten sich ab. Malerische Serpentinenstraßen, eingesäumt von Zypressen luden ein, ihnen zu folgen. Kilometerlange Pinienalleen schimmerten in einem Grün, das scheinbar mit dem Sonnenlicht eine Symbiose einging. Sabine sog die Umgebung buchstäblich in sich auf. Die Landschaft hatte etwas friedliches, freundliches, ja besänftigendes. Sie fuhr an riesigen Feldern mit Sonnenblumen vorbei. Allerdings leuchteten diese nicht mehr gelb, sondern ließen braun und trocken ihre Köpfe hängen. 'Schade', dachte Sabine. Ihr wurde wieder der Grund ihrer Reise bewusst und sie bekam ein beklemmendes Gefühl. Sie hatte gar keine Ahnung, was auf sie zukam.

Auf der Fi Pi Li, der Schnellstraße die Florenz mit Livorno verband, kamen Sabine wieder all die dunklen, verworrenen und schmerzhaften, ja geradezu selbstzerstörerischen Gedanken in den Sinn, die sie damals umtrieben, als sie hier zum ersten Mal entlang fuhr. Vor fast genau vier Jahren. Getrieben von innerer Unruhe, düsteren Gedanken, dem Gefühl alleine, ungeliebt und nutzlos zu sein. Jeglicher Lebensfreude beraubt und nicht imstande irgendwelche positiven Aspekte in ihrem Leben zu finden. Bis zu dem Tage, als sie Alessio traf. Alessio der Bagnino[6] vom Campeggio[7]...wie hieß es noch gleich?

---

6   Ital.: Rettungsschwimmer
7   Ital.: Campingplatz

Kapitel 2

"Hildrut, hast du schon die Tagespost reingebracht? Und Hildrut, bring mir doch noch geschwind meine Brille mit!"

Ulisse Pavini setzte sich auf seinen Stuhl am Esszimmertisch und erwartete schon ein wenig ungeduldig seinen Tessiner Morgenboten. Es war einfach ein Ritual, das er täglich brauchte. Seit seiner Pension vor drei Jahren war das morgendliche Zeitungsstudium sogar noch wichtiger geworden. War er doch nun, abseits seiner früheren Berufung als Gymnasiallehrer, mehr oder weniger sich selbst ausgesetzt. An Hildrut konnte er seine schulmeisterlich grandiosen Fähigkeiten leider nicht so befriedigend erproben wie er gern wollte, dazu fehlte ihr schlichtweg die Intelligenz. Ab und an gewann sie schon mal im Rommé, das sie besonders gern Samstag abends, bei einem Glas Sangiovese, spielten ...aber da war wohl meistens eher Glück dabei.

"Hier mein Schätzli, deine Zeitung und ein Briefli ist auch dabei."

Hildrut legte alles ordentlich vor Ulisse auf den Tisch, denn sie wollte ihn nicht schon am Morgen unnötig aufregen. Sein Ordnungssinn war extrem

15

empfindlich und alles was dagegen verstieß brachte ihn sofort auf hundertachtzig. Doch so sehr sich Hildrut auch bemühte, binnen zehn Minuten war der morgendliche Friede unterbrochen.

"Was sich die Kantonsaufsicht da erlaubt, das gibt es doch nicht! Schon wieder diese Demonstrationen am Gotthard-Basistunnel! Hildrut, jetzt wird doch tatsächlich dieses Einkaufszentrum in Ascona gebaut! Ja wie kann man so eine gräuliche Architektur genehmigen!"

Hildrut hörte nicht mehr hin. Seit sie das Hörgerät trug war sie zwar wieder etwas nervöser als früher, hatte aber auch gelernt gewisse Situationen auszuhalten, anstatt wie früher hastig und unstet jeglichen Unmut ihres Gatten abzufedern.

"Hildrut, bring mir doch den Brieföffner!"

Hildrut reichte ihrem Gatten den Brieföffner, der vor ihm auf dem Tisch lag und sah ihm aufmerksam zu, wie er den Brief akkurat öffnete, mehrmals durchlas und schließlich mit großen Augen verkündete:

"Beim Heiligen Bärlibiber! Hildrut! Wir werden von der Gendarmerie in Livorno erwartet ..."

Kapitel 3

Die Questura[8] in Livorno befand sich in einem imposanten Gebäude, erbaut in der Renaissance. Die Fassade in Carrara Marmor hatte jedoch mittlerweile jeglichen Glanz verloren und erinnerte eher an die Apokalypse, denn an eine Wiedergeburt. Die Abgase der Stadt und die salzige Meeresluft hatten genauso dazu beigetragen, wie die leeren Staatskassen für Renovierungsmaßnahmen erhaltungswürdiger Gebäude in der Toskana. Doch das Äußere spiegelte keineswegs das Innenleben der Questura wider. In ihren Räumen herrschte reges Treiben, ununterbrochene Telefonate, Verhöre. Außerdem fanden Zeugenaussagen rund um die Uhr statt, genauso wie Anzeigenaufnahmen, Gegenüberstellungen und Inhaftierungen.

Das Büro des Ispettore Lorenzo Mangiapane war schlicht möbliert. Außer einem Schreibtisch und mehreren Stühlen gab es nur einen drei Meter breiten, halbhohen Schrank gefüllt mit Akten, Büchern und aufgestapelten losen Blättern. Ein Bild des amtierenden Präsidenten der Republik, sowie des Polizeichefs waren selbstverständlich vorhanden, genau so wie die italienische Nationalflagge.

---

8   Ital.: Polizeipräsidium

Der Ispettore hatte den bisherigen Stand der Ermittlungen dem leitenden Staatsanwalt weitergereicht. Dieser war nicht erfreut gewesen, dass der Fall noch ungelöst war. Als Ispettore der Justizpolizei hatte Lorenzo Mangiapane den Anordnungen seiner Vorgesetzten Folge zu leisten und er spürte, dass er langsam unter Druck geriet. Natürlich verfügte er über genug Freiheiten und Kompetenzen um selbstbestimmt handeln zu können, doch schließlich musste er sich vor dem Questore[9] verantworten, wenn die Erfolge ausblieben. Obwohl er an sich selbst enorme Ansprüche stellte, hatte er nie die höhere Laufbahn angestrebt. Seiner Meinung nach, waren genug Pentagone auf seiner Schulterklappe. Nah an den Dingen zu sein, am Ort des Verbrechens seine Spürnase einzusetzen, entsprach eher seinem Temperament, als vom Schreibtisch aus zu delegieren. Er mochte die Menschen, hatte Verständnis für ihre Schwächen und Fehler. Aber er verabscheute jene, die das Gesetz vorsätzlich missachteten, andere Menschen verletzten oder sich an Unschuldigen vergriffen. Auf die wollte er Jagd machen, deshalb war er Polizist geworden. Gleichzeitig war er immer schon fasziniert davon gewesen, die archaischen Ursprünge des menschlichen Verhaltens zu ergründen, in die Tiefe einer kranken Psyche einzutauchen, um das Denken und Fühlen eines Kriminellen und dessen Handlungsweise zu

9   Ital.: Polizeidirektor

verstehen. Doch nun, mit Anfang fünfzig, wurde ihm allmählich klar, dass sein Idealismus, die letzte Wahrheit zu finden, ihn innerlich zu oft an die Grenzen des Erträglichen brachte. Es war zudem eine bittere Erkenntnis, dass nicht jede Verhaftung, die auf langwierigen und akribischen Ermittlungen basierte, letztendlich zur gerechten Verurteilung führte. Es schmerzte ihn jedes Mal, zu sehen, wenn überführte Verbrecher wieder auf freiem Fuß waren, während ihre Opfer ein Leben lang litten.

Ispettore Mangiapane sah in den kleinen Spiegel, den er aus der Schreibtischschublade gezogen hatte. Er war nicht eitel, aber ein akkurates Erscheinungsbild war ihm wichtig, repräsentierte er sozusagen das italienische Gesetz und die Gerechtigkeit in Person. Er strich über seinen schmalen Oberlippenbart. Sein mittlerweile graumelierter Kurzhaarschnitt gab ihm ein militärisches Aussehen, das durch seine Uniform noch verstärkt wurde. Durch die dichten, schwarzen Augenbrauen erhielt sein attraktives Gesicht etwas Markantes. Seine olivgrünen Augen glichen einem tiefgründigen See und so mancher, der dem rätselhaften Blick des Ispettore ausgesetzt war, hatte das Gefühl, in einen Sog geraten zu sein und in die Tiefe gezogen zu werden. Mangiapane hatte seine eigene spezielle Art an einen Fall heranzugehen. Niemand konnte genau sagen, welchen Ermittlungsschritt er als Nächstes machen würde oder welchen er gerade machte. Er saugte jedes noch so kleine Detail um sich herum auf, um es dann sinken zu lassen und nie war ersichtlich, wie er die Informationen verarbeitete. Es schien, als ob alles einem langen Gärprozess unterlief und dann plötzlich als stabiles Konstrukt aus der Tiefe stieg.

Der Ispettore legte den Spiegel zurück in die Schublade und erhob sich von seinem Stuhl. Er zupfte seine Uniform zurecht und sortierte seine Unterlagen, die vor ihm auf dem Schreibtisch lagen. Heute, am 19. August erwartete er die Zeugen, die er aufgrund eher zweifelhafter Beweismittel vorgeladen hatte. Nachdem alle bisher geführten Verhöre ihm nicht den erforderlichen Durchbruch liefern konnten, war er gezwungen gewesen, diesen unorthodoxen Weg einzuschlagen. Wenn er durch diese Zeugen keinen wesentlichen Fortschritt erlangte, musste er sich schweren Vorwürfen seitens des Staatsanwalts stellen. In den letzten Wochen waren die Ermittlungen ins Stocken geraten und er brauchte nun endlich verwertbare Informationen.

Es war kurz nach elf Uhr als er allen Anwesenden den Grund ihrer Vorladung erklärte. Nach außen wirkte er kühl und ruhig, aber innerlich war er angespannt. Er musste scharfsinnig vorgehen, um der Verteidigung keine Möglichkeit zu geben die Anklage zu entkräften, sei es durch falsche Indizien oder Fehler bei der Recherche. Mit aufrechter Haltung stand er hinter seinem Schreibtisch und blickte forschend in die Gesichter vor ihm.

"Wir führen strafrechtliche Ermittlungen durch, deren aktuellen Stand wir noch unter Verschluss halten müssen, um den Erfolg nicht zu gefährden. Es sei nur soviel gesagt, dass wir Sie einzeln verhören werden und uns besonders der 24. August vor vier Jahren interessiert. Ebenso, in welcher Verbindung Sie zu Alessio Diodato standen, dem damaligen Rettungsschwimmer am Campeggio Don Cosimo."

Kapitel 4

Ulisse Pavini saß im Büro des Ispettore und putzte seine Gleitsichtbrille. Ab und zu hauchte er auf die Gläser und polierte sie anschließend mit seinem Taschentuch. Nachdem er sie prüfend hochgehalten und für sauber genug befunden hatte, setzte er sie auf und schaute sich erst mal neugierig um.

Ispettore Mangiapane saß mit verschränkten Armen zurückgelehnt auf seinem Schreibtischstuhl und fixierte Ulisse ungeduldig.

"Bitte, Signor Pavini!"

"Nun", begann Ulisse, "der ganze Urlaub war ein Desaster. Ich erinnere mich noch ganz genau. Schon die Anreise! Wobei im Vergleich zu gestern war es ja eigentlich eher eine mittlere Katastrophe. Aber sie müssen wissen, damals war ich noch im Amt als Gymnasiallehrer an der Hermann Hesse Schule in Bellinzona. Latein, Mathematik und Historie. Die ganze Anspannung durch das Lehramt kann man nicht einfach abschütteln mit dem Feriengong. Deshalb kann eine Autofahrt da auch sehr stressig sein. Nun ja, auch ihre italienischen Landsleute, *scusi*[10] wenn ich so sage, fahren Auto wie der

---

10   Ital.: Entschuldigen Sie

Teufel. Sämtliche Verkehrsregeln werden außer Kraft gesetzt. Rechts vor Links, rote Ampeln, von den Abstandsregeln ganz zu schweigen!"

Der Ispettore unterbrach Ulisse.

"Signor Pavini, bitte kommen Sie zur Sache. Schildern Sie mir bitte den 24. August."

"*Si, mi dispiace*[11], aber das musste doch schon mal gesagt sein! Ich halte mich ja auch an alle Regeln. Wo kommen wir denn hin, wenn jeder bloß seinen Kopf durchsetzen will?"

Der Ispettore räusperte sich ...

"Ja meine Frau Hildrut, die bringt mich auch ständig an den Rand der Verzweiflung. Mal ist das Mittagessen um zwölf Uhr fertig, am nächsten Tag um halb eins. Da kommt doch die ganze Tagesstruktur ins Wanken. Das führt doch zu Chaos und Rebellion!"

"Signor Pavini!"

Ispettore Mangiapane rollte mit den Augen, ging zur Tür, öffnete sie einen Spalt und rief:

"Segretario Daniele, bitte bringen Sie uns doch zwei e*spressi* und ein paar *Bucaneve*[12]! Danke."

---

11   Ital.: Es tut mir leid
12   Italienische Kekse

"Also bitte Signor Pavini", wandte er sich wieder Ulisse zu.

"Eben, meine Hildrut, auch die war fast unerträglich. Den ganzen Urlaub über wollte sie nicht auf mich hören. Egal, was ich sagte, es drang nicht zu ihr durch. Ich wurde irgendwann zornig. Sie schaute mich ständig nur so ausdruckslos an und lächelte seltsam. Dann noch dieses Geplänkel mit diesem Rettungsschwimmer."

"Dem Rettungsschwimmer, von dem wir hier sprechen?"

"Wie sagten Sie noch, wie der hieß?"

"Alessio."

"Genau der. Ich weiß nicht warum, aber jeden Tag rückte sie dem auf die Pelle und dann immer so nah an ihn ran. Dieses Anbiedern! Sie hing an seinen Lippen, wie so eine *ragazza*[13]. Das war so peinlich für mich. Ich musste sie quasi jeden Abend deswegen rügen."

Der Segretario trat ein und stellte ein Tablett mit zwei *espressi* und einen Teller Kekse auf den Schreibtisch. "*Prego*[14]", brummte er beim Rausgehen.

---

13   Ital.: Mädchen, junge Frau
14   Bitte schön

"Auch am Abend des 24. August?"

"Wie bitte? Ja halt fast jeden Abend."

"Bitte schildern Sie doch Ihren Verlauf vom 24. August."

"Nun, um acht Uhr waren wir beim Frühstück an der Bar. Wie jeden Morgen. Anschließend kurz im Bungalow, uns umzuziehen und dann gingen wir an den Strand. Es war heiß an diesem Tag, ich erinnere mich noch ganz genau. Wir hatten zwei Sonnenliegen gebucht. Ja und da waren wir dann bis circa halb zwölf. Denn um zwölf wollte ich Mittagessen und da muss man ja schon früh genug im Restaurant sein sonst dauert es unnötig lange. Nach dem Essen gingen wir wieder an unseren Platz am Strand und hielten ein wenig Mittagsruhe. Wissen sie, da ist es besonders schön ruhig. Da halten ja die meisten in ihrem Bungalow Siesta. Aber ich genieße dann immer die Ruhe am Meer. Das Meeresrauschen beruhigt mich, es ist so schön einschläfernd." Ulisse nahm seine Brille ab und rieb sich seine Augen.

"Sie erinnern sich ja sehr präzise an diesen Tag", bemerkte der Ispettore.

"Mein Tagesablauf ist durchgetaktet, Signor Ispettore! Das muss so laufen. Wissen Sie, nur das hält die Welt in ihren Angeln. Genaue Abläufe geben uns Sicherheit und die Mitmenschen wissen, wann sie sich an ihrem, ihnen angestammten, Platz zu befinden haben. So herrscht Ruhe und Harmonie. Sollten Sie auf Ihrem Präsidium auch einführen."

Der Ispettore strich nachdenklich über seinen schmalen Oberlippenbart. Ulisse stöhnte kurz, während sich auf seiner hohen Stirn langsam der Schweiß bildete, wie kleine Glasperlen, bereit aufgeschnürt zu werden.

"Ist ihre Klimaanlage kaputt? Könnten Sie bitte den Ventilator höher schalten! Es ist fast stickig hier drin."

"*Scusi*, Signor Pavini, hier läuft schon alles am Limit."

"Ja Ispettore, davon bin ich fest überzeugt." Ulisse verkniff sich ein spöttisches Grinsen. "Wie lange geht das hier denn noch? Gut, nach der Mittagspause haben Hildrut und ich noch einen Bummel auf dem Markt gemacht. Ein bisschen Andenken und Mitbringsel besorgen. Nun, ich finde das ja sehr überflüssig, aber Hildrut besteht darauf und ein wenig muss man seiner Frau auch mal nachgeben", zwinkerte Ulisse dem Ispettore zu. "Dann spurt sie wieder besser. Nach dem Markt zog ich mich ein bisschen in den Bungalow zurück. Ich packte schon ein paar von meinen Sachen zusammen, da wir ja nur noch zwei Tage hatten bis zur Abreise. Abends gab es dann noch dieses furchtbare Gewitter."

"Und Ihre Frau?"

"Die war noch spazieren im Pinienwald, soweit ich mich erinnern kann."

"Während des Gewitters?"

"Nein, natürlich nicht. Vorher. Das Gewitter war doch erst spät abends. Da fiel ja auch noch der Strom aus. Wissen Sie, die Stromleitungen dort waren beängstigend marode und äußerst schlecht abgesichert und die Stromanschlüsse schon gar nicht wasserdicht. Welche Aufsichtsbehörde ist denn hier eigentlich zuständig für die Elektrifizierung, Ispettore?"

"Signore, *per favore*[15]!!!" Der Ispettore wurde langsam ungeduldig und da der *Mezzogiorno*[16] schon überschritten war, beschloss er vorerst eine Pause einzulegen. Er sah Ulisse nochmal streng in die Augen. "Eine Frage zum Abschluss noch. Wann haben Sie den Rettungsschwimmer Alessio das letzte Mal gesehen?"

"Ich glaub am späten Abend im Restaurant. Ich wollte noch dem Campeggiobetreiber Beine machen, da der Strom ja schon seit Stunden ausgefal-

---

15   Ital.: Bitte
16   Ital.: Zwölf Uhr Mittag

len war und ich meinen Radiowecker stellen wollte, bevor ich schlafen ging."

"Sie haben ihren Radiowecker im Urlaub dabei?"

"Natürlich! Auf diesem Campeggio gab es ja keinen Weckdienst und womöglich wäre auf ihn auch gar kein Verlass gewesen!"

"Nun, also im Restaurant sahen Sie Alessio. War noch jemand dabei?"

"Ja eben der Campeggiobetreiber, der übrigens sehr unhöflich reagierte. Auch dieser Alessio verhielt sich mir gegenüber äußerst rüde. Womöglich verlor ich selbst auch angesichts der unhaltbaren Situation fast die Nerven und konnte nicht umhin meine Stimme zu erheben."

Ulisse fuhr sich mit der Hand an die Brust, als ob er Schmerzen spürte. "Wissen Sie, ich darf mich nicht aufregen, mein Blutdruck und dieses ständige Herzstolpern. Mein Kardiologe hat mir jeglichen Stress verboten." Er nahm sich einen Keks, biss hinein und kaute geräuschvoll. "Ach ja und dann war plötzlich mit einem Schlag der Strom wieder da und ich zog mich in meinen Bungalow zurück."

"*Grazie*, Signor Pavini."

Ispettore Mangiapane entließ Ulisse aus seinem Büro, stützte den Kopf in seine Hände und schaute auf das Bild im Eck unterhalb der Tricolore[17]. *"Mamma mia, che disastro[18]!"*

---

17   Italienische Nationalflagge
18   Ital.: Welche Katastrophe

Kapitel 5

Sabine war gar nicht klar, über was sie eine Aussage machen sollte. Im Grunde genommen konnte sie sich kaum an etwas Relevantes erinnern. Sie war damals eigentlich ausschließlich mit sich selbst beschäftigt gewesen. Der Ispettore hatte sie deshalb auch gleich wieder entlassen mit den Worten: "Signora, lassen Sie sich Zeit und egal, welche Kleinigkeit Ihnen einfällt, melden sie sich." Aber er hatte ihr auch vermittelt, dass sie sich während der laufenden Ermittlungen zu seiner Verfügung halten sollte. Im Hotel nahm Sabine erst mal eine Dusche und legte sich anschließend aufs Bett, verschränkte ihre Arme hinter dem Kopf und schloss die Augen. Ihr Mantra ständig wiederholend, versuchte sie, in eine Tiefenentspannung zu kommen und ließ ihre Gedanken kommen und gehen.

Sie erinnerte sich daran, wie innerlich zerrissen sie damals gewesen war…

Das Einchecken an der Rezeption ging schnell und nachdem sie ihren Bungalow bezogen hatte, packte sie ein paar Sachen zusammen und trottete Richtung Meer.

Sie setzte sich auf ihr Handtuch und sank in sich zusammen. So jetzt war sie hier. Das erste Mal seit Jahren Urlaub. Weg von der Boutique und ihren Stammladys. Ein seltsames Gefühl von Hilflosigkeit überkam sie. Was mach ich hier? Hier an diesem Strand war nichts, dass sie herausforderte. Keine Kundin die ihren Ratschlag brauchte, kein Schaufenster das gestaltet werden wollte. Keine Ware die ausgezeichnet oder reduziert werden musste. Es gab hier rein gar nichts, das sie ablenkte. Nur das Meer, das ruhig und glitzernd vor ihr lag.

Langsam ließ ihre Anspannung nach und je länger sie so da saß und der gleichmäßigen Bewegung der zarten Wellen zusah und schließlich nur noch dem Rauschen zuhörte, umso mehr fiel von ihr ab. Mit jeder Welle wurde etwas von ihr fortgespült. Jedes Mal ein Stück mehr ihrer düsteren Gedanken, Gefühle, ihrer Traurigkeit. Ja einfach alles, was wie ein schwerer Mantel auf ihr lag und ihr die Luft zum Atmen nahm. Sie saß mit geschlossenen Augen da, die Arme um ihre angewinkelten Beine geschlungen. Sie spürte schließlich nur noch den warmen Wind auf ihrer Haut, den Sand zwischen ihren Füßen und die Sonne, die durch die Poren ihrer Haut drang und den ganzen Körper erwärmte. Sabine konnte nicht sagen wie lange sie so da saß. Aber irgendwann war alles von ihr abgefallen. Die Geräusche um sie herum waren wie gedämpft und sie spürte nichts mehr, nur noch ein tie-

fes Gefühl von innerer Ruhe...und auf einmal flossen ihr Tränen über das Gesicht. Jahrelang hatte sie nicht mehr geweint. Sie hatte irgendwann beschlossen, diese Weichlichkeit abzulegen. Aber jetzt flossen die Tränen unaufhaltsam. Es war, als wäre sie ein übervolles Gefäß, das keine Flüssigkeit mehr aufnehmen konnte und irgendwann überläuft.

"Le lacrime...sono le figlie del mare", hörte sie eine melodische Stimme und als sie aufschaute sah sie nur verschwommen einen Rettungsschwimmer neben ihr. Dunkelblond, karamellbraune Haut, Dreitagebart.

"Wie bitte?", fragte Sabine, noch ganz benommen und in die Sonne blinzelnd.

"Lacrime, deine Tränen, sind die Töchter des Meeres. Weißt du, die Tränenflüssigkeit besteht fast zu gleichen Teilen aus Wasser und Salz wie das Meer."

"Aber vielleicht besteht das Meer einfach nur aus Tränen?" Sabine lächelte krampfhaft.

"Aus all den Tränen die wir weinen, weil wir das Paradies verloren haben?"

Der Rettungsschwimmer blickte melancholisch übers Meer, scheinbar bis an den Horizont.

"Aber das Paradies ist nicht wirklich verloren, wir leben in ihm. Wir haben nur verlernt genau hinzusehen. Wir sind geblendet, unser Blick richtet sich auf die falschen Dinge und dabei zertrampeln wir das, was wir eigentlich suchen."

Mit diesen Worten wandte er sich wieder ab und ging mit aufmerksamem Blick den Strand entlang zu seinem Hochsitz. Dort setzte er sich auf seinen Aussichtsplatz und schaute nochmal in ihre Richtung. Ihre Blicke begegneten sich und er nickte ihr lächelnd zu. Das war das erste Mal, dass sie Alessio begegnete...und es berührte sie tief.

Kapitel 6

"Die Zeugenaussagen haben uns weniger gebracht als ich gehofft hatte. Wir sollten morgen mit allen Vorgeladenen an den Tatort fahren. Vielleicht fällt dem ein oder anderen vor Ort doch noch irgendeine Kleinigkeit ein, die uns weiterbringt." Der Ispettore lief ungeduldig im Büro auf und ab. Sein innerer Drang, Geheimnisse zu lüften, beflügelten ihn förmlich und er wirkte fast besessen davon, diesen augenscheinlich schwierigen Fall zu lösen.

"Wo bleibt eigentlich der Eigentümer des Campeggio? Segretario machen Sie, dass der herkommt, drohen Sie ihm mit einer Anzeige, von mir aus wegen Behinderung der Ermittlungen. Und wie läuft es in der Pathologie mit der Obduktion?"

"Ispettore, es gibt noch keine Neuigkeiten. Der Zustand der Leiche erschwert die Autopsie."

"Ich hoffe, das ist der einzige Grund dafür, dass es dieses Mal so lange dauert. Die haben doch hoffentlich die besten Leute dafür hergezogen und nicht wieder die Praktikanten wie beim letzten Fall?"

Der Segretario zuckte mit den Schultern und verließ das Büro.

Kapitel 7

Der Ispettore rieb sich mit der rechten Hand das linke Handgelenk und sein Blick wanderte von den drei Carabinieri, die ihn begleitet hatten, weiter zu den Vorgeladenen.

"Der Ermittlungsstand ist folgender. Vor sechs Wochen wurde hier auf dem Campeggio, im Küchenblock, eine Leiche in einer Tiefkühltruhe entdeckt. Randalierende Jugendliche haben sie bei ihren Streifzügen gefunden. Die haben sich allerdings mehr oder weniger anonym gemeldet, sehr wahrscheinlich aus Angst vor einer Strafverfolgung wegen Vandalismus. Es ist somit keine sichere Einschätzung des Leichenfundortes möglich, es sind auch sämtliche Spuren kontaminiert und der Zeitpunkt des Todes kaum noch sicher zu bestimmen. Mit einfachen Worten, wir haben einen Toten...und tappen nach wie vor im Dunkeln."

"Und was haben wir damit zu tun?", warf Ulisse ein. "Wir waren alle das letzte Mal vor vier Jahren hier."

"Den ersten Autopsieberichten nach, wurde der Tote möglicherweise jahrelang in der Kühltruhe gefriergetrocknet."

Irgendjemandem entfuhr ein erstickter Aufschrei.

'Typisch Frau, für diese harte Realität einfach zu zart besaitet', dachte Ulisse.

"Es ist so", fuhr der Ispettore fort, "die Spurensicherung ist sich sicher, dass es sich bei der Leiche um Alessio Diodato, ehemaliger Rettungsschwimmer an diesem Campeggio, handelt. Sämtliche Indizien sprechen dafür. Schon anhand der Gegenstände, die bei ihm gefunden wurden. Von diesen führten auch die Spuren zu Ihnen. Deshalb waren wir auch bei der Vernehmung besonders daran interessiert, in welchem Verhältnis Sie mit dem Verstorbenen standen. Nun, die Autopsie wird uns hoffentlich bald neue Erkenntnisse liefern. Ich bitte Sie jetzt, versuchen Sie nochmals, sich an jedes noch so kleine Detail zu erinnern. Egal wie unwichtig es Ihnen erscheint, bitte geben Sie es zu Protokoll. Deshalb sind wir hier, um Ihrer Erinnerung auf die Sprünge zu helfen. Gehen Sie durch das Campeggio, schauen Sie sich um, lassen Sie sich Zeit. Gehen Sie in Gedanken zu Ihrem damaligen Urlaub zurück." Mit diesen Worten entließ er die Gruppe.

Kapitel 8

Sabine war entsetzt und zutiefst geschockt über das, was sie gerade erfahren hatte. Wie furchtbar!

'Alessio, wer hat dir das angetan?'

Sie konnte sich überhaupt keinen Reim darauf machen und warum sie jetzt hier bei der Aufklärung hilfreich sein könnte. So gut hatte sie den sympathischen Rettungsschwimmer gar nicht gekannt. Sie versuchte sich mit Hilfe ihres Mantras zu beruhigen. "Om shanti shanti Om."

Wenn es wirklich Mord war, dachte Sabine, dann muss ich, so gut ich kann, mithelfen die Wahrheit zu finden.

'Alessio, das bin ich dir schuldig!'

Tränenüberströmt begann Sabine langsam durchs Campeggio zu gehen. Ihren Erinnerungen nachhängend folgte sie dem Weg Richtung Strand. Hier standen allerdings keine Liegen fein säuberlich in Reihe wie damals, sondern ein Schutthaufen direkt am Ufer versperrte den Zugang zum Meer.

Sie versuchte, sich eine Begegnung mit Alessio in ihr Gedächtnis zu rufen …

Sie war gleich nach dem Frühstück an den Strand gegangen, hatte sich auf ihr Handtuch gesetzt und versucht, sich zu entspannen. Aber eine innere Unruhe überkam sie, nichts tun fiel ihr einfach schwer. Sie ging ein paar Schritte am Meer entlang, der Sand unter ihren Füßen fühlte sich angenehm weich an. Das glasklare Wasser glitzerte in der Sonne und lud Sabine zum Schwimmen ein. Das Meer war überraschend warm. Mit großen Schwimmzügen entfernte sie sich zügig vom Ufer. Die Anstrengung tat ihr gut und sie spürte nach langer Zeit endlich wieder ganz bewusst ihren Körper. Ausgepowert und tropfnass ließ sie sich schließlich auf ihr Handtuch fallen.

'Diese Farben. Das Meer schimmert in aquamarin,' fuhr es Sabine durch den Kopf, 'ja, das war die genaue Farbbeschreibung, aquamarin. Und die weißen Schaumkronen auf den kleinen Wellen passen hervorragend dazu, ebenso wie die Farbe des Sandes! Besser könnte ein Designer die Nuancen nicht zusammen stellen.'

Ihr kam wieder die Boutique und die unmissverständliche Aufforderung ihres Chefs in den Sinn, ihre Zunge zu zügeln und mit ihrer Meinung mehr hinter den Berg zu halten. Ihr Verhalten sei geschäftsschädigend und ihre Stammkundinnen hätten sich mehr oder weniger deutlich über sie beschwert. Sabine schluckte schwer. Ihr war es bis dahin ein Vergnügen gewesen, ihre Kundinnen zu bedienen, ja empfand sogar freundschaftliche Zuneigung ihnen gegenüber. Sie war voller Enthusiasmus dabei, neue Kollektionen zu entdecken von denen sie glaubte, ihre Kundinnen damit begeistern zu können. Es drehte sich eigentlich alles in ihrem Leben darum, neue Kleider und Stoffe zu entdecken. Und jetzt so was. Irgendwie fühlte Sabine sich betrogen, verletzt. Warum beschwerte man sich hinter ihrem Rücken über sie? Warum sagte es ihr niemand direkt ins Gesicht? War sie wirklich so scharfzüngig? Und die anscheinend tiefe Freundschaft, die sie aufgebaut hatte zu manchen Stammkundinnen. War das alles doch nur oberflächlich? So war es ihr noch nie in den Sinn gekommen. Sie fand einfach keine Worte mehr für das, was sie empfand. Enttäuschung, ja das war es, sie war enttäuscht, von ihren Kundinnen, ihrem Chef, ihrem Leben und am allermeisten von sich selbst.

"Warum so traurig, cara[19]?"

Es war Alessio, der sie aus ihrem Gedanken- und Gefühlskarussell holte.

Wie jeden Tag stoppte er seinen Kontrollgang an Sabines Handtuch und schenkte ihr fünf Minuten seiner Zeit.

---

19   Ital.: Liebe

"Alessio, ciao. Ach nichts, ich habe nur gerade für mich festgestellt, dass ich enttäuscht bin." Sie zog ihre Schultern kurz hoch um sie danach umso mehr hängen zu lassen.

"Enttäuschung", flüsterte Alessio, *"Enttäuschung, das heißt, du bist getäuscht worden? Von einer Person, einer Sache und plötzlich nimmt dir etwas oder jemand diese Täuschung weg? Sei ihm dankbar. Du warst getäuscht, nichts war echt. Sei dankbar demjenigen, der dich 'enttäuscht' hat! Er hat dich ein Stück näher an die Wahrheit gebracht."*

"An welche Wahrheit?", fragte Sabine.

"An deine Wahrheit, amore[20], deinem Inneren Du Selbst."

Er lächelte sie an, mit diesem Lächeln, das alles in ihr erwärmte. Etwas jungenhaft schelmisch und doch aufrichtig und herzlich.

Aufgeheitert von Alessios Worten lächelte sie vor sich hin. Von ihrem Lächeln offensichtlich aufgefordert, kam ihr auch sofort ein laufender Händler, ein Strandverkäufer, plappernd entgegen. Kurzes krauses Haar, tiefschwarze Haut, vermutlich senegalesischer Herkunft.

---

20   Ital.: Liebste

"Bella donna! Braccialetti[21]! Fünf Jahre Garantie! Misses Deutschland, Miss Germany? Kette für Fuß? Wunderschön. Aber günstig, aber nicht teuer ...Ohne Pause redete er auf Sabine ein.

"Warum nicht?", dachte Sabine nachgiebig und ließ sich ein 'echt silbernes' Fußkettchen, original italienischer Handarbeit aufschwatzen.

---

21   Ital.: Armkettchen

Kapitel 9

Hildrut war schrecklich aufgewühlt. Was war hier Schreckliches geschehen? Der Ispettore hatte sie aufgefordert, zu versuchen, sich an jede Kleinigkeit zu erinnern. Sie begann ziellos durch das Campeggio zu gehen. Kaum zu glauben, wie sich alles verändert hatte.

Sie versuchte in Gedanken an die Tage im August vor vier Jahren zurückzukehren, aber es fiel ihr schwer, angesichts dessen, was sie gerade über diesen Rettungsschwimmer erfahren hatte. Es waren glückliche Tage gewesen. Jetzt war hier nichts mehr davon zu spüren. Kein Kinderlachen. Keine Gruppen junger Menschen, die angeregt miteinander sprachen und sich neckten. Keine Kinder, die sich voller Lebensfreude ins Meer stürzten, um sich gegenseitig mit Wasser anzuspritzen. Kein Baby-Dance, den Hildrut so liebte. All die fröhlichen italienischen Kinderlieder. Die Kleinen, die voller Freude und Ehrgeiz den Bewegungen der Animateure nacheiferten. Jetzt gab es hier nur noch Trostlosigkeit auf dem verlassenen und mutwillig zerstörten Campeggio.

Überall lagen trockene, braune Piniennadeln. Auf dem Boden, den Dächern der Bungalows, sogar die

Waschbecken an den Waschhäusern waren voll damit. An manchen Bungalows standen die Türen auf oder waren gänzlich herausgerissen. Vorhänge wehten durch die zerschlagenen Fensterscheiben. Hin und wieder wurden Fäden abgerissen, wenn sie die scharfen Kanten der Scherben berührten, die noch im Fensterrahmen steckten. Es war schrecklich anzusehen. Hildrut spürte, wie sie innerlich verkrampfte. Sie bekam eine Gänsehaut und fühlte sich wie in einem schlechten Horrorfilm. Sie ging an der verlassenen Rezeption vorbei. An der Wand hing ein Prospekthalter aus verrostetem Metall, indem noch ein paar alte Flyer steckten. Hildrut nahm spontan einen in die Hand. Es war ein Infoblatt für Touristen. Das Papier war vergilbt, wellig, hart und eingerissen, aber man konnte noch Bilder vom Campeggio, Tipps für Ausflüge und eine Karte der näheren Umgebung darauf erkennen. Wenige Meter weiter, sah sie auf dem Fliesenboden Schlüssel liegen. Es mussten Dutzende sein, mit Plastikanhängern in den verschiedensten Farben. Sie brauchte einige Minuten um zu realisieren, dass es die ehemaligen Bungalowschlüssel sein mussten. Irgendjemand hatte das Schlüsselbrett in der Rezeption von der Wand gerissen und hier auf den Boden geworfen. Hildrut konnte sogar noch einige Namen entziffern. 'Samba, Vela, …Wie hieß ihr Bungalow denn nochmal, den sie damals bewohnt hatten? Girelle! Genau!'

Hildrut ging weiter, fing an zu suchen und fand ihn nach einiger Zeit tatsächlich. Aber der Anblick, der sich ihr bot, ließ sie zusammenzucken. Wenn sie in ihren Erinnerungen grub und auch an die vielen hübschen Bilder dachte, die sie damals mit ihrer Polaroidkamera gemacht hatte! Welcher Kontrast! Langsam betrat sie 'ihren' Bungalow. Betten und Schränke waren verschwunden. Nur die Matratzen lagen noch auf dem schmutzigen Boden. Dazwischen zerbrochene Flaschen. Überall waren Stofffetzen verstreut, kaum mehr zu erkennen, welche Kleidungstücke es mal gewesen sein sollten. Kreideweiß trat sie nach draußen und ihr Blick fiel auf den Bungalow gleich nebenan. 'Butterfly'. Dort wohnte damals die Deutsche mit den traurigen Augen, wobei, seit damals hatte sie sich verändert. Hildrut hatte sie fast nicht wieder erkannt auf der Questura. Die junge Frau sah jetzt wesentlich gelassener und auch gesünder aus.

Sie ging langsam weiter und erkannte das ein oder andere Gebäude. Hier war die Wäscherei gewesen. Auch dort hatten die randalierenden Jugendlichen ihre Spuren hinterlassen. Wie frustriert und gelangweilt mussten sie sein um so blindlings alles zu zerstören, was einst schwer arbeitende Hände, bestimmt sogar mit Freude an ihrem Gelingen, erschufen. Die Wasseranschlüsse waren aus den Mauern gerissen, überall Graffiti und jemand hatte mit schwarzer Farbe seine ganz persönliche Botschaft an einer Wand hinterlassen …

'ci sono piu scritte in 'sto posto di merda che sui miei libri[22].'

Plötzlich stand Hildrut an der Treppe zum *ristorante*[23]. Sie blickte nach oben und sah, dass auch hier nicht eine einzige Fensterscheibe ganz geblieben war. Der wilde Wein, der früher an der Fassade hochgeklettert war, hatte nun auch den Großteil der Decke im Innenraum des Restaurants erobert. Hildrut schluckte schwer. Es lief ihr eiskalt den Rücken hinunter. Hier irgendwo hatten sie den Rettungsschwimmer gefunden. Der arme Junge! Hildrut konnte sich sein Gesicht nicht mehr ins Gedächtnis rufen, aber an seine blonden, von der Sonne gebleichten, Haare konnte sie sich gut erinnern. Sie hatte Polaroidfotos gemacht, von Ulisse am Salvataggio[24]-Paddelboot. Sie hatte auch eins von dem jungen Mann auf seinem Hochsitz gemacht. Wo war dieses Foto eigentlich?

Dieser Alessio war wirklich sehr nett gewesen. Hildrut hatte ihn öfters getroffen. Das erste Mal, als sie gerade festgestellt hatte, dass ihr Gehör sie langsam verließ. Sie erinnerte sich, wie furchtbar Ulisse reagierte, wenn sie ihn nicht verstand, akus-

---

22 Ital.: Es steht mehr geschrieben an diesem sch… Ort, als in meinen Büchern
23 Ital.: Restaurant
24 Ital.: Rettung

tisch. Irgendwie war es auch amüsant gewesen, wie verzweifelt er geschaut hatte, als sie nicht gleich seinen Aufforderungen folgte. Für sie war es im Gegenteil irgendwie entspannend gewesen. Nicht alles und jeden zu hören, ließ sie ruhiger werden, weniger nervös. Sie konnte die Welt draußen lassen und ganz entspannt ihren eigenen Gedanken nachgehen. Gerne ging sie damals in dem großen Pinienwald spazieren, der ihr damals grüner und frischer vorkam als heute. Auf einem dieser einsamen Spaziergänge hatte sie Alessio getroffen.

Jetzt kam es ihr seltsam vor, aber damals dachte sie sich nichts dabei, als sie den Rettungsschwimmer im Pinienwald traf ...

"Buongiorno[25] Signora. Buongiorno?"

Hildrut drehte sich etwas nach links, sie hatte das Gefühl, dass ihr jemand nahe kam.

"Ach, buongiorno."

Es war Alessio, der sie gerade überholte.

"Entschuldigung, aber ich hör ein bisschen schlecht glaub ich, tut mir leid wenn ich Ihnen im Weg war."

---

25   Ital.: Guten Tag

"Nein, tutto a posto[26]. Schön erfrischend hier in der Pineta[27], nicht wahr? Vor allem zu dieser Tageszeit!"

"Mein Mann legt sich um diese Zeit lieber auf die Liege ans Meer, aber mir tut das Laufen hier gut. Zuhause käme ich nie auf den Gedanken. Da mach ich um diese Zeit immer die Küche sauber, während Ulisse sich zurückzieht."

Hildrut stoppte und sah dem Rettungsschwimmer freundlich ins Gesicht.

"Sie dürfen gerne weiterlaufen, ich wollte Sie nicht mit meinem Gerede aufhalten."

Der Rettungsschwimmer lächelte. "Ganz im Gegenteil, ich hab noch Mittagspause und es nicht eilig."

Und während sie so gemeinsam durch den Pinienwald schlenderten, erzählte Hildrut von ihrem Verdacht, langsam schwerhörig zu werden, dass sie es genoss, sich etwas mehr ihrem Innenleben zu widmen, gleichzeitig aber befürchtete, dass dies Ulisse ganz und gar nicht passen könnte und sie ihre Rolle als fürsorgliche Gattin nicht mehr so selbstlos erfüllen wollte.

---

26   Ital.: Alles gut
27   Ital.: Pinienwald

"Wissen Sie, ich schäme mich dafür so eigensinnig zu sein. Aber mein ganzes Leben lang hab ich nichts für mich selbst gefunden. Zuerst für die Kinder und jetzt für Ulisse da zu sein war bisher mein ganzer Lebensinhalt."

"Für Eigensinn muss man sich nicht schämen, es steht Ihnen doch nur einfach der Sinn nach etwas Eigenem."

Hildrut lächelte, als sie die Bedeutung des Wortspiels begriff. "Und ich war ja auch bisher ganz glücklich dabei, aber ... eigentlich kann ich ja auch gar nichts anderes und Ulisse ist ohne mich total hilflos."

"Manchmal glauben wir einen Menschen zu lieben wie er ist, dabei lieben wir nur die Rolle, die er in unserem Leben einnimmt. Wir übersehen den Menschen wie er wirklich ist. Und erst in dem Moment, indem er seine Rolle nicht mehr einnehmen kann oder will, erkennen wir sein wahres Ich und manchmal erwächst daraus die echte Liebe. Aber meistens stoßen wir ihn aus unserem Leben und warten auf einen anderen, der seine Rolle übernimmt.

Es war, als ob er dies alles mehr zu sich selbst sagte und er wurde ein bisschen melancholisch.

"Jetzt machen Sie mir aber ein bisschen Angst."

*Aus seinen Gedanken gerissen erwiderte Alessio.
"Signora, Sie brauchen keine Angst zu haben. Ich
bin mir sicher, Sie finden hier alles was Sie brauchen um Ihren Weg zu gehen. Eigentlich haben Sie
doch damit schon begonnen. Umkehren macht keinen Sinn."*

*Hildrut wusste er hatte Recht und sie ahnte auch,
wie ihr Weg ausschauen könnte. Sie brauchte vielleicht nur ein bisschen Starthilfe.*

Kapitel 10

Als Hildrut in Richtung Strand ging traf sie den Ispettore, der, die Hände auf dem Rücken verschränkt, sich den einen oder anderen Gegenstand ansah, der am Boden lag.

"Signor Ispettore, ich könnte nur noch weinen, dieser junge Rettungsschwimmer, es ist einfach grauenhaft. Und seine Familie, wie furchtbar muss es für sie sein. Die Armen! Haben ihn seit vier Jahren vermisst und jetzt diese schreckliche Gewissheit."

Der Ispettore wandte sich ihr freundlich zu. "Nun Signora Pavini, Alessio Diodato war nie als vermisst gemeldet. Er hatte, wie es scheint, keine Familie."

"Ach wie traurig. Signor Ispettore, woher wissen Sie eigentlich, dass wir die letzten Zeugen waren, die Alessio gesehen haben? Das Campeggio war doch voll, da waren doch viele Angestellte hier."

"Ja Signora, wir haben alle Angestellten, die damals hier waren, befragt. Aber das hat uns keine zufriedenstellenden Erkenntnisse geliefert. Auch war Alessio ab dem 25. August nicht mehr hier im Campeggio beschäftigt. Wie uns der Besitzer mitteilte, wurde ihm am 24. gekündigt. Somit war es für niemanden seltsam, dass er nicht mehr kam."

"Gekündigt, ach aus welchem Grund denn? Mitten in der Saison? Hat er etwas angestellt?"

"Der Besitzer hat uns dazu leider keine Angaben gemacht, es hieß nur fristlose Kündigung."

"Nun dieser Besitzer war ja schon vielleicht etwas aufbrausend und seine Nerven schienen ihm ein bisschen blank zu liegen. Da war glaub nicht viel nötig um ihn auf die Palme zu bringen. Ich kann mich sogar noch gut daran erinnern, dass er immer, wenn er gestresst war, durch seine Vorderzähne pfiff. Sah irgendwie ganz ulkig aus. Die lagen ziemlich weit auseinander. Seltsam, dass ich mich daran so gut erinnern kann."

"Signora, ich denke, Sie verwechseln da jemand. Der Besitzer ist ein Mann namens Claude Defabien, französischer Investor und erlauben Sie mir bitte die Bemerkung, er hat eine ganz gewöhnlichen Zahnstellung." Der Ispettore konnte sich ein Lächeln nicht verkneifen.

"Ach Ispettore, und ich dachte, dieser Signor Rocco sei der Besitzer. Ja ich erinnere mich noch wie er mir stolz davon erzählt hatte, dass ein französischer Millionär den Beachvolleyballplatz und die Strandbefestigung mit den Felssteinen gesponsert habe. Dann habe ich das wohl falsch verstanden. So so, dann ist der französische Herr der Besitzer. Aber um Himmels Willen", Hildrut fasste sich mit beiden Händen an den Kopf und schüttelte ihn langsam. "Was hat er denn aus diesem Campeggio gemacht! Wissen Sie, es war so wunderschön hier. So grün und frisch und alles gepflegt. Die Geranien hier am Weg in ihren Tonkästen. Der herrliche Oleander überall. Die Passionsblumen mit ihren einzigartigen Blüten rankten sich malerisch an den Hecken. Ja und dort drüben standen Tamarisken. Im Regen färben sich ihre Stämme dunkel, fast schwarz und bilden einen herrlichen Kontrast zu den grünen Ästen. Signor Ispettore, ist Ihnen jemals aufgefallen, dass die Zweige aussehen wie Federn und die Regentropfen darauf schimmern wie Silberkügelchen?" Hildrut bemerkte, dass sie immer noch den alten Flyer in der Hand hielt. Sie betrachtete ihn und seufzte tief. "Wie schön es hier war, wie schön und jetzt...diese Verwahrlosung und Zerstörung, einfach grauenhaft!"

"Ja Signora, das hier ist wirklich der schrecklichste 'Lost Place', den ich bisher gesehen habe und Sie dürfen mir glauben, ich hab schon einiges gesehen. Dazu kommt die Zerstörungswut unserer Jugend, die perspektivlos, ohne Vertrauen in die Zukunft, das ganze Kulturgut unserer geschichts-

trächtigen Vergangenheit mit Füßen tritt. "*Che tris-
tezza*[28], es zerreißt einem das Herz."

"Wissen Sie …", Hildrut sah den Ispettore nachdenklich an. "Jemand hat mal zu mir gesagt, ganz
Italien sei ein einziges Freiluftmuseum. Überall
Geschichte. Griechen, Etrusker, Römer, die Medici,
um nur einen Teil zu nennen. Ich muss ihm da einfach Recht geben. Dann das Meer und die Natur,
einfach wunderschön. Schade nur, dass es nicht alle
so sehen. Signor Ispettore, seit meinem Urlaub damals engagiere ich mich ehrenamtlich bei der Belpaese Italia, ist das Ihnen ein Begriff?"

"Ja natürlich, die Umweltorganisation. Signora,
che bello[29]. Was für eine schöne Aufgabe."

"Man bekommt einen herrlichen Einblick darüber,
wie viele Menschen sich für die Erhaltung der Umwelt hier engagieren. Forscher, Archäologen, Pro-
fessoren, Studenten und was mich am meisten be-
eindruckt, der strenge Schutz mancher Gebiete.
Wie zum Beispiel die Isola Montecristo. Für mich
das letzte Paradies Südeuropas." Sie hatte den Flyer
aufgefaltet und zeigte auf die Kartenansicht. "Ich
hatte gar nicht gewusst, dass diese Insel hier ganz
in der Nähe ist", sie schüttelte verwundert den
Kopf, "eigentlich gleich um die Ecke."

---

28   Ital.: Wie traurig
29   Ital.: Wie schön

"Ach ja die *isola*[30], ein biogenetisches Naturschutzgebiet, das kein Tourist betreten darf. Unbewohnt, mit Ausnahme des Forscherehepaars Fellini und der Rangerin Carlotta."

"Nun, Ispettore", Hildrut fasste den Ispettore sanft am Unterarm und schaute ihn lächelnd an, "nach meinen Kenntnissen sind es zwei Ranger, ein Mann und eine Frau."

"*No, no*", der Ispettore winkte höflich ab, "Signora, da bin ich mir aber zu hundert Prozent sicher, auf der Isola Montecristo gibt es nur eine Rangerin."

"Signor Ispettore", lächelte Hildrut milde, "aber ich bin mir auch zu hundert Prozent sicher. Hab ich doch erst letztens in der Broschüre von Belpaese Italia ein Foto mit den beiden gesehen. Der Bericht war außerordentlich interessant."

Der Ispettore nickte nur und schwieg. Er wollte keine Widerrede geben. Aber dann kam ihm eine Idee. "Signora Pavini. Wie wäre es, wenn Sie mir morgen diese Broschüre zeigen würden? Auf der Questura. Und bringen Sie Ihren Mann mit, wir haben noch ein paar Fragen an ihn."

---

30   Ital.: Insel

Mit diesen Worten verneigte er sich leicht vor Hildrut, zupfte an seiner Mütze, strich sich über seinen schmalen Oberlippenbart und ging weiter.

Kapitel 11

Am nächsten Morgen auf der Questura mussten Hildrut und Ulisse kurz warten.

"Ich mach dreimal das Kreuzzeichen, wenn der Spuk hier vorbei ist. Was will denn der Ispettore noch von mir? Ich dachte, du hast gestern schon alles gesagt was du weißt."

"Nun Ulisse, es zählen eben alle noch so kleinen Einzelheiten. Außerdem bin ich ja nur dabei, weil der Ispettore und ich noch etwas klären wollen." Hildrut schmunzelte. Es machte ihr Spaß mit dem Ispettore Konversation zu üben. Er ließ sie ausreden, er nahm sie ernst, das fühlte sie. Ganz anders als Ulisse, der immer Recht hatte und Hildrut immer wieder maßregelte und verbesserte, wenn ihre Satzstellung nicht präzise war. Außerdem war der Ispettore ein schnittiger, gutaussehender Mann. Hildrut spürte eine kleine Eifersucht bei Ulisse und das schmeichelte ihr. Die Tür ging auf und ein älterer Mann und eine weitaus jüngere Frau traten heraus. Sie war sehr hübsch und Hildrut kam sie bekannt vor.

"Die hab ich doch auch mit dem Rettungsschwimmer zusammen gesehen. An dem Tag, als er Sand an die Touristen verkauft hatte." Ulisse war fest entschlossen dem Ispettore sofort darüber Bericht zu erstatten. Gut, dass ihm dies jetzt auch noch eingefallen war.

"Nun bitte Signora und Signor Pavini."

Kaum im Büro fing Ulisse auch gleich an, dem Ispettore seinen Verdacht zu äußern. "Das ist doch bei Strafe verboten, das ist doch unerhört, Sand an Touristen verkaufen und das als Rettungsschwimmer!"

"Signor Pavini sind Sie sich sicher, dass Sie die beiden zusammen gesehen haben?"

"Ja, ganz sicher. Diese blonde junge Frau und den Rettungsschwimmer hab ich zusammen gesehen. Vielleicht wäre es besser, wenn man eine Anzeige erstatten würde gegen die Dame, wegen Sanddiebstahl."

Der Ispettore atmete tief durch und bot dem Ehepaar Pavini an, sich zu setzen.

"*Prego*. Das war eben der Besitzer des Campeggio und seine Frau. Sie sind heute morgen angekommen. Signor Pavini, Sie sagten mir, dass Sie Alessio und den Besitzer des Campeggio am Abend des 24. August im Restaurant getroffen haben, als der Strom ausgefallen war."

"Ja, das war so."

"Nun, war dieser Mann, den Sie gerade gesehen haben, der Mann, der am Abend bei Alessio war?"

"Aber nein, Ispettore, der war das nicht. Es war der kleine, dunkelhaarige, etwas rundliche Herr. Signor Rico war sein Name, glaube ich."

"Gut. Danke Signo ...avini. Nun zu Ihnen, Signora. Haben Sie die Broschüre mitgebracht?" Der Ispettore lächelte verschmitzt.

"Natürlich nicht, Signor Ispettore. Wie auch, die Broschüre is doch bei uns zuhause im Tessin. Aber vielleicht könnten wir auf der Homepage von Belpaese Italia nachschauen?" Hildrut schaute erst zum Ispettore dann zu Ulisse, der sie fragend anschaute.

"Weißt du Ulisse, ich hab dir noch gar nicht erzählt, dass ich seit einer Weile bei einer Organisation ehrenamtlich tätig bin und jetzt haben der Ispettore und ich einen kleinen Disput. Aber der wird sich gleich aufklären."

Während der Ispettore seinen PC hochfuhr, wurde Ulisse ganz hellhörig.

"Welche Organisation? Und was machst Du da ehrenamtlich? Kuchen backen?"

"Ja, unter anderem auch. Unterschriften sammeln in der Fußgängerzone und …"

"*Ecco qua*[31] Signora Pavini, die Homepage der Belpaese Italia. Bitte sehr, wollen Sie?" Er drehte den Flachbildschirm Richtung Hildrut und schob ihr die Tastatur und die Maus zu.

"Aber Ispettore, das kann doch meine Frau nicht, lassen Sie mich ran, was suchen Sie denn genau?"

Noch bevor Ulisse ausgesprochen hatte, war Hildrut schon fertig und hatte mit drei Mausklicks das Bild hergeholt und vergrößert.

"Hildrut!?!" Ulisses Stimmlage veränderte sich während jeder Silbe, die er aussprach und es klangen Angst, Erstaunen, Verwirrung und Bewunderung gleichzeitig mit.

"*Ecco qua*, Signor Ispettore!" Hildrut lachte und zeigte dem Ispettore das Bild, auf dem tatsächlich ein Mann und eine Frau in Ranger-Uniformen auf einem Hügel standen. Im Hintergrund das Meer, die Überschrift des Artikels, der darunter folgte ließ keinen Zweifel. Es gab zwei Ranger, auf der Isola Montecristo.

"*Scusi* Signora aber tatsächlich, Sie haben Recht. Wie konnte mir das entgehen. Ich bin mir sicher,

---

31   Ital.: nun hier

dass es noch vor einer Weile sogar gesetzlich fest-
gelegt war, wie viele Personen Zugang zur *isola* haben." Der Ispettore schüttelte nachdenklich den
Kopf. "Ich dachte, es wären immer nur drei gewesen ..."

Kapitel 12

Dem Ispettore ließ das keine Ruhe. Er, als Ordnungshüter der Region Toskana, musste sich vorführen lassen. Von einer Schweizerin! Es war ihm peinlich, das Gesetz, nach dem er lebte, handelte, fahndete und strafrechtlich verfolgte, scheinbar nicht zu kennen. Den Rest des Vormittags verbrachte er in seinem Büro. Schweigend, Gesetzbücher wälzend, nach etlichen Telefonaten und Stunden am PC, rief er dem Segretario.

"Daniele, bring mir bitte einen doppelten Espresso und die Beweismittel des Falles Alessio Diodato, aber *presto*[32]!"

Ungefähr eine Stunde später war in der Questura ein donnerndes "*porca miseria*[33]" zu vernehmen. Es gab keinen Zweifel darüber, dass es aus dem Büro des Ispettore kam.

Eine halbe Stunde später wurde Prof. Dr. Dr. Guglielmo Torremante vom Institut für steinzeitliche Forschung Bozen, Abteilung Mumien, am Telefon verlangt.

---

32 Ital.: rasch
33 Ital.: Heilige Scheiße

Kapitel 13

Monique war ungeheuer wütend. Nicht nur, dass Claude vergessen hatte, für nächste Woche einen Yacht-Liegeplatz in Venedig klarzumachen und sie für die Filmfestspiele sehr wahrscheinlich irgendein schmuddeliges Hotelzimmer buchen mussten. Sondern sie würde auch noch die Fashion Week in Mailand verpassen um Claude an diesen erbärmlichen Ort hierher zu begleiten. Es war für Monique unerträglich, auch nur einen Schritt in Richtung dieses elendigen Campeggio zu machen. Nochmal ein Gespräch mit dem Ispettore, und diesmal ohne Claude, *Mon Dieu.* Womit hatte sie das verdient. Sie schaute sich im Büro des Ispettore um. Geschmacklos und altbacken waren Schlagworte, die ihr durch den Kopf gingen. Der Ispettore wartete auf ihre Antwort. Monique verzog ihr hübsches Gesicht zu einer Grimasse.

"Monsier Inspecteur, was meinen Sie damit, ich wurde beobachtet wie ich Sand verkauft habe? Das ist doch lächerlich."

Monique kramte in ihrem Handtäschchen und zog ein kleines mit Swarovskisteinen verziertes Riechfläschchen heraus und schwenkte es galant, unterhalb ihrer gerade geschnittenen, makellosen

Nase. Nachdem sie dreimal tief eingeatmet hatte, schaute sie auf.

"Ich habe so was doch gar nicht nötig."

"Nun, laut Zeugenaussage, wurden sie am 23. oder 24. August vor vier Jahren beobachtet, wie Sie und der mittlerweile verstorbene Alessio Diodato Sand vom Strand entwendet haben. Wollen Sie dies bestreiten?"

"Nun ja, ich bin vielleicht an einem dieser Tage dem gewissen Herrn begegnet, aber wir haben keinen Sand an wen auch immer verkauft. Welch infame Behauptung."

Monique nahm noch einmal einen tiefen Atemzug aus ihrem Riechfläschchen.

"Wissen Sie, dieser Rettungsschwimmer wollte mir unbedingt 'etwas' zeigen. Aber darauf bin ich natürlich nicht eingegangen. Was glauben Sie, wie viele Männer mir schon dieses 'etwas' zeigen wollten. Eine Frau wie ich hat das nicht nötig. Ich bin mit einem der reichsten Männer Frankreichs verheiratet."

"Dann streiten Sie es sozusagen ab."

"Ja sicher! Was streite ich ab?"

"Dass Sie mit Alessio Diodato Sand an Touristen verkauft haben."

"Ach ja, natürlich, das streite ich vehement ab. Kann ich jetzt gehen?"

"Bitte Signora, ich habe keine weiteren Fragen mehr."

Monique verließ wutschnaubend das Büro des Ispettore und versuchte sich zu erinnern. Wer hatte sie damals mit dem Rettungsschwimmer beobachtet und wie in aller Welt kam derjenige darauf, dass sie Sand gestohlen haben sollte?

Kapitel 14

Monique nahm die Sonnenbrille ab, diese neue Ray-Ban stand ihr nicht sonderlich gut. Obwohl es die neueste Kollektion war und außerdem eine limitierte Auflage, würde sie die Brille wahrscheinlich auf der Yacht lassen. Sie beschloss, ihre alte Dolce und Gabbana-Brille vom Vorjahr mitzunehmen. Claude wollte unbedingt heute eine Besichtigung seines neuen Projekts durchführen und bestand darauf, dass sie ihn begleitete.

Wie sie das hasste. Diese stinklangweiligen, endlosen Gespräche über Finanzierungen, Abschreibungen und Gewinnexposees. Sie verstand dabei kaum ein Wort und langweilte sich fast zu Tode. Aber Claude war immer sehr erpicht darauf, sie dabei zu haben. Es war ihm wichtig, dass sie freundlich und immer lächelnd seinen potenziellen Kunden oder Verkäufern zunickte und ihren wahrlich makellosen Körper unauffällig in ansprechender Haltung präsentierte. Das konnte Monique gut. War sie doch, als Claude sie für sich entdeckte, ein erfolgreiches Model gewesen und hatte bei den renommiertesten Agenturen gearbeitet. Sie war auf allen Kontinenten gewesen und hatte einen exzellenten Ruf genossen. Jetzt allerdings, mit achtundzwanzig, war sie der jüngeren Konkurrenz nicht mehr ganz gewachsen. So war sie langsam aus dem Modebusiness ausgetreten und hatte sich mit Claude auf dessen Arbeit konzentriert.

Monique entschied sich für ein strahlend weißes Sommerkleid mit schwungvollem Volant das eine handbreit über ihrem Knie endete, legere Sandalen und einen Strohhut.

"Chérie[34], bist du so weit? Wir gehen an Land."

Claude erwartete sie schon lächelnd auf der Mole, als sie die Yacht verließ und den Steg betrat. Dann nahm er sie mit seinen sonnengebräunten perfekt manikürten Händen an der Hüfte, hob sie elegant an und setzte sie vorsichtig auf dem Boden ab.

"Küsschen", flüsterte er auffordernd und küsste sie auf die Lippen.

"Chérie, heute wird es dir gefallen, ich habe nur ein paar Dinge mit Signor Rocco zu besprechen, du kannst in der Zwischenzeit das Campeggio anschauen. Deine Italienischkenntnisse, wende sie an und vielleicht kommen dir ein paar schöne Ideen, was man hier verändern könnte. Das hier ist eine meiner besten Investitionen, die ich bisher getätigt habe und du wirst sehen, ça vaut la peine[35]."

---

34   Franz.: Schatz
35   Franz.: Es ist der Mühe wert

Während Claude mit Signor Rocco enthusias-
tisch diskutierte, schlenderte Monique durch das
Campeggio. Viele kleine Bungalows standen locker
in einem riesigen Pinienwald. Monique hasste Pi-
nien, ihr Duft erinnerte sie an ein billiges Schaum-
bad. Mehrere Bänkchen, mit einfachen Blumenar-
rangements, luden zum Ausruhen ein. Hier und da
ein Waschhäuschen. Ein Kiosk, ein Kinderanimati-
onspavillon. Alles irgendwie ganz niedlich. Für
ihren Geschmack allerdings weit unter ihrem Stan-
dard, als Investitionsprojekt sicher ganz rentabel.
Claude hatte fürwahr ein gutes Näschen für künfti-
ge Entwicklungen. Nicht umsonst konnten sie sich
ein sorgenfreies Leben auf diesem hohen Level leis-
ten.

"Na Signora, haben Sie sich verlaufen?"

Monique hielt ihren Hut mit einer Hand fest, wäh-
rend sie sich umdrehte und mit der anderen Hand
ihre Sonnenbrille abnahm, um nach dem Ursprung
der melodischen Stimme zu suchen. Ein Rettungs-
schwimmer, etwa in ihrem Alter, lächelte sie ver-
schmitzt an.

"Warum, wie kommen Sie darauf?"

"Nun, Sie scheinen irgendwie nicht ganz so hier-
her zu passen und mit Verlaub ihr Outfit hat Sie
verraten."

Etwas verärgert über die freche und plumpe Anmache, schnauzte Monique ihm direkt ins Gesicht.

"Nun ja, die Anlage und der Strand hier scheinen mir eher etwas für Unterprivilegierte zu sein. Ja, wahrscheinlich hab ich mich verlaufen, aber Sie scheinen sehr gut hierher zu passen. Ich denke, Sie fühlen sich hier bestimmt sehr wohl."

Der Rettungsschwimmer lachte, für ihren Geschmack etwas zu laut.

"Madame wünschen einen Strand der ihren Ansprüchen entspricht?"

"Ja Signore, aber hier wird so ein Plage[36] ganz bestimmt nicht zu finden sein."

"Und ob! Wenn Sie wünschen, kann ich Sie da hinbringen. Darf ich mich vorstellen? Ich bin Alessio. In einer Stunde habe ich Mittagspause, wie wäre es mit einer kleinen Spritztour?"

Monique war empört. Was bildete sich dieser Crétin[37] eigentlich ein? Wie er mit ihr sprach und wie er sie ansah, irgendwie unverblümt, wenn nicht sogar unverschämt. Aber etwas in ihr war geweckt, ein Gefühl das sie von früher kannte. Die Lust auf unbekannte Abenteuer.

---

36   Franz.: Strand
37   Franz.: Trottel

Und da Claude noch länger beschäftigt war, sagte sie leichten Herzens zu.

Kapitel 15

Professor Torremante war am späten Nachmittag in der Pathologie in Livorno angekommen und hatte sich dort sofort mit dem Ispettore zu einem Gespräch getroffen. Dieser hatte ihm die Akte Alessio Diodato, eine Liste und Fotos der Beweismittel vom Fundort der Leiche in die Hand gedrückt.

"*Professore*, ich bin äußerst erfreut, dass Sie sich für uns Zeit nehmen. Unsere Leute haben bisher leider, wie man so sagt, im Trüben gefischt. Die Grundlage der Ermittlungen ist äußerst schwierig, aber wir hoffen, Sie werden ihrem Ruf gerecht."

Professor Torremante lächelte bescheiden.

"Ich werde mein Bestes versuchen, aber es wäre schön, wenn Sie mir etwas Zeit einräumen könnten."

"Wir haben schon zu viel Zeit an diesen Fall verschwendet, das spielt jetzt also keine Rolle mehr und die Mittel, die Sie benötigen, stehen Ihnen selbstverständlich zur Verfügung."

Professor Torremante bezog noch am gleichen Abend das für ihn bereitgestellte Büro, gleich neben dem Labor. Morgen früh würde er sich sofort

an die Arbeit machen. Sein Fachgebiet war, die To-
desursache eines Verstorbenen festzustellen. Doch
nicht nur das. Auch anhand von DNA-Proben und
mit Hilfe eines hochkomplexen, hypersensiblen
Verfahrens konnte er das Lebensalter und sämtliche
Krankheitsgeschichten eines Toten feststellen, egal,
wie lange derjenige schon tot war. Auch die letzte
Mahlzeit, die ein Toter zu sich genommen hatte,
konnte Torremante so entschlüsseln, sogar ihre
Herkunft nach geographischer Lage bestimmen.
Zuletzt hatte er seine bemerkenswerten Fähigkeiten
der Mumienerforschung in Bozen zur Verfügung
gestellt und einen erheblichen Anteil dazu beigetragen, einen Jahrtausende alten Mordfall fast lücken-
los aufzuklären. Auch diesmal, so war sich Torremante sicher, würde er das Rätsel lösen.

Kapitel 16

"Signor Claude Defabien, nochmal fürs Protokoll. Sie sind aktuell der notariell beurkundete Eigentümer des Campeggio Don Cosimo?"

"Ja Monsieur Inspecteur, das bin ich."

"Dann erklären Sie mir bitte Signor Defabien, wieso dieses Campeggio damals aufgegeben wurde und wieso gerade zu jenem Zeitpunkt. Es schien doch recht erfolgreich geführt worden zu sein."

"Ja schien es", Claude Defabien nahm seine Sonnenbrille aus dem tiefschwarz gefärbten Haar und setzte sie kurz auf. Nur, um sie gleich darauf wieder auf seinem langen Seitenscheitel nach oben zu schieben. "Wissen Sie, als Investor bin ich immer auf der Suche nach neuen Projekten und als ich dieses Campeggio übernahm, schien es äußerst lukrativ. Nicht nur die hervorragende Lage, auch das Management waren vielversprechend. Ich hatte schon im Vorfeld der Übernahme in eine Strandbefestigung investiert. Alles sah sehr erfolgversprechend aus. Dumm nur, dass kurz nach der Übernahme, das Amt für Umwelt und Naturschutz mir das Campeggio schloss. Die Begründung war, das Naturschutzgebiet Riserva Naturale di Tomboli, liege unmittelbar neben dem Campeggio und es müsse überprüft werden, ob dies umweltschutztechnisch bedenkenlos sei."

"Dann überschneidet sich quasi der Todeszeitpunkt von Alessio Diodato genau mit der Zwangsschließung des Campeggio?"

"Schon möglich. Die Stadt Livorno hat das Grundstück, dessen Zugang vom Strand her und die Gebäude versiegelt. Das muss so Ende August gewesen sein."

"Wo waren Sie zu dieser Zeit?"

"Ich war mit meiner Frau Monique am 20. des Monats noch hier um die Verträge abzuschließen. Aber wir sind noch am selben Abend weitergereist."

"Wo ging die Reise hin?"

"Wir fuhren mit unserer Yacht, erst Richtung Korsika und dann weiter an die Côte d'Azur."

Der Ispettore strich sich über seinen Oberlippenbart und tippte mit dem Zeigefinger auf seine Lippen. "Können Sie mir bitte jeweils die zuständige Hafenkommandantur nennen, damit wir dies überprüfen können? Das ist eine reine Routinemaßnahme."

"Was? Ich soll doch nicht wirklich ein Alibi vorlegen? Das ist doch lächerlich! Was soll ich denn mit dem Mord an diesem, diesem ...", er stockte kurz.

Der Ispettore lächelte und ergänzte fragend. "Rettungsschwimmer?"

Claude lächelte süffisant. "Ja, Rettungsschwimmer soundso. Was sollte ich denn damit zu tun haben?"

"Immerhin wurde er vier Jahre lang auf ihrem Grundstück versteckt. Ich frage mich, warum er so lange unentdeckt bleiben konnte und warum Sie, als Eigentümer, nichts bemerkt haben und den Zustand dieses Campeggio ignorieren konnten."

"Monsieur Inspecteur, das Grundstück wurde ordnungsgemäß abgesperrt. Ich hatte noch andere Projekte am Laufen. Meine Anwesenheit war nicht erforderlich. Außerdem hatte ich einen gewissen Signor Santini beauftragt, nach dem Campeggio zu sehen. Nun, sein Gehalt wurde regelmäßig überwiesen. Seine Arbeit, wie Sie selbst gesehen haben, hat er leider nicht so regelmäßig ausgeübt."

"Gut Signor Defabien, wo finden wir denn diesen Signor Santini?"

"Ich lasse Ihnen seine Adresse zukommen. Falls er dort nicht erreichbar sein sollte, finden Sie ihn bestimmt in der Bar Alexandra am Yachthafen."

Claude stöhnte. "Nun, wars das, Monsieur Inspecteur?"

"Ja, nur noch eine Frage. Wussten Sie, dass ihre Frau und der Rettungsschwimmer Alessio Diodato Kontakt hatten? Sie wurden zusammen gesehen."

"Ach ja. Was heißt da Kontakt. Sie erzählte mir schon irgendetwas in der Richtung, aber ich habe das nur so nebenbei zur Kenntnis genommen, war wohl nichts Relevantes."

"Also nichts, was Sie hätte beunruhigen können?" Der Ispettore fixierte Claude vielsagend.

"Sie meinen, ob ich Grund zur Eifersucht hatte?" Claude lachte schallend. "*Mon Dieu*[38], ganz sicher nicht!"

---

38   Franz.: Mein Gott

Kapitel 17

Sabine wartete mit den anderen Vorgeladenen im Vorzimmer des Ispettore. Sie waren hergebeten worden um eine DNA-Probe abzuliefern. Es war seltsam, Zeugin und Verdächtige gleichzeitig zu sein. Aber der Segretario versicherte ihr, dass dies nun mal eine Routinemaßnahme sei und nichts bedeutete. Die Tür zum Büro des Ispettore öffnete sich schwungvoll und der Mann der herausstürmte stieß fast mit Sabine zusammen.

"*Pardon*, Madame", entschuldigte er sich galant mit einer angedeuteten Verbeugung.

Sabine nickte ihm lächelnd zu und wollte etwas Nettes hinzufügen. Aber der bohrende Blick der äußerst hübschen Blondine, die den Mann offensichtlich erwartete, hielt Sabine davon ab.

"Claude, wer war das?", zischte die Blondine.

"*Mon Chérie*", beruhigte sie der Mann, während er seinen Arm um sie legte, "ich habe keine Ahnung."

Kurz darauf verließen beide, ohne Sabine weiter zu beachten, die Questura.

Während Sabine wartete, überkam sie ein längst vergessenes Gefühl. Damals vor vier Jahren war es allerdings fast ständig präsent gewesen …

Am Abend war Sabine nach dem Abendessen nochmal an den Strand zurückgekehrt. Mit einer Flasche Grappa bewaffnet lief sie am Beachvolley-ballfeld vorbei. Als sie die Felsen erreichte, die als Wellenbrecher aufgetürmt, ins Meer hinausragten, kletterte sie auf die großen Steine. Sie ignorierte das Schild, auf dem irgendwas mit 'vietato[39]' und 'privato[40]' stand und ging weiter. Am letzten Stein angekommen, setzte sie sich und ließ ihre Füße ins Wasser hängen. Das Meer war angenehm warm. Erst war es ihr wirklich gut gegangen, so gut wie schon lange nicht mehr. Aber plötzlich aus heiterem Himmel, zogen wieder die inneren schwarzen Wolken auf und sie fühlte sich wieder in einen bodenlosen Strom hineingezogen. Immer tiefer und tiefer. Es wurde immer dunkler, nicht nur um sie herum, da die Sonne schon lange untergegangen war, sondern auch in ihr. Erst ein weiterer Schluck aus der bauchigen Flasche linderte ihren Schmerz und langsam wurde sie gelassener und ein Gefühl der Grenzenlosigkeit und Leichtigkeit nahm von ihr Besitz.

---

39   Ital.: Verboten
40   Ital.: Privat

Am nächsten Morgen wusste sie nicht wie und wann sie in ihren Bungalow zurückgekommen war, nur dass sich alles um sie herum drehte und ihr speiübel war. Irgendwann am späten Nachmittag stellte sie fest, dass ihr Fußkettchen fehlte und sie suchte den ganzen Bungalow danach ab. Vergebens. Panisch und von einer inneren Verzweiflung getrieben lief sie an den Strand, suchte überall und kletterte schließlich schluchzend über die Steine. Immer nach dem Kettchen suchend, das ihr wie ein Rettungsanker vorkam, der jetzt fehlte und so ihr ganzes Dasein zum Wanken brachte. Tränenüberströmt stürzte sie auf Alessio zu, der gerade am Noleggio-Lettini-Stand[41] mit einer älteren Dame redete. Hysterisch schluchzend und mit einem schweren Zungenschlag rief sie ihm von weitem zu, stolperte und fiel ihm fast vor die Füße.

"Alessio, ich hab mein Fußkettchen verloren! Gestern Abend irgendwo ganz vorne auf den Felsen. Ich muss es finden. Es ist wichtig. Ich brauch es als Erinnerung, es bedeutet mir so viel."

"Dio mio[42], was ist los cara? Kann ich dir helfen? Wo genau warst du denn?"

Sabine zeigte schwankend auf die Felsbrocken.

---

41   Ital.: Strandliegenverleih
42   Ital.: Mein Gott

"Beruhige dich, amore. Weißt du was, wenn ich Feierabend habe, suche ich nach deinem Kettchen, ich habe eine Taschenlampe und Taucherbrille. Ich finde sie bestimmt."

"Danke Alessio", stammelte Sabine und kämpfte wieder mit der aufkommenden Übelkeit, "ich glaub, ich leg mich wieder hin. Wenn du das Kettchen findest, gib es doch bitte einfach an der Rezeption ab."

Sie schnappte sich den Kugelschreiber, der auf dem kleinen Tischchen lag und schrieb ihren Namen und den Namen ihres Bungalows auf einen Zettel, der vor ihr lag. Alessio steckte den Zettel in die Seitentasche seiner roten Salvataggioshort, strich sich eine blonde Strähne aus dem Gesicht und schaute Sabine dabei traurig an.

"Amore mio[43], was tust du denn?"

Sabine schämte sich und wich seinem Blick aus. Sie wusste, er meinte nicht ihre Schusseligkeit, die sie das Kettchen verlieren ließ.

An diesem Tag beschloss sie mit dem Trinken aufzuhören ...

... und es war der Tag an dem sie Alessio das letzte Mal sah. Wie sie vom Ispettore erfahren hatte, war

---

43   Ital.: Meine Liebe

sie auch eine der letzten Personen, die ihn lebend gesehen hatten.

Kapitel 18

Monique saß hinter Alessio auf der Ducati Multi-strada. Sie hatte ihre Arme fest um seine Taille geschlungen. Der warme Fahrtwind streichelte ihre Haut und ließ ihr hübsches Sommerkleid aufplustern. Hätte sie nicht den blöden Helm auf, der ganz sicher ihre Frisur ruinierte, würde sie ihr strohblondes Haar jetzt schütteln und sich ein bisschen wie Marilyn fühlen. Aber Alessio hatte darauf bestanden. Sicherheit geht vor Schönheit, hatte er gesagt. Nach etwa zwanzig Minuten Fahrt stellten sie die Ducati an einem Parkplatz ab. Alessio nahm Monique bei der Hand.

"Nun bella donna[44], schließen Sie jetzt bitte Ihre Augen und erst wenn ich es sage, dürfen Sie sie wieder öffnen."

Monique ließ sich bereitwillig auf das Spielchen ein. Es machte ihr Spaß und sie war gespannt, was sie erwartete. Nach etwa zehn Minuten stellte er sich hinter sie, legte seine Hände auf ihre Schulter und flüsterte ihr ins Ohr.

"Augen auf bella[45]."

---

44   Ital.: Schöne Frau
45   Ital.: Schöne

81

Monique öffnete ihre Augen und was sie sah, verschlug ihr fast die Sprache. Vor ihr lag das türkisblaue Meer in einem atemberaubenden Farbenspiel. Der Strand schien endlos und der Sand so feinkörnig und weiß, wie sie ihn nur aus der Karibik kannte. Kleine Wellen schwappten am flachen Ufer und dort, wo sie den weißen Sand zurück ins Meer mitnahmen, erschien das Wasser fast milchig. Es glich einem Drink aus Blue Curaçao und Batida de Côco. Die Sonne stand im Zenit und es war kein Wölkchen am azurblauen Himmel zu sehen. "Wie, wie schön ...das ist unglaublich ..."

Alessio schmunzelte. "Na Lady, gefällt Ihnen dieser Meerblick besser?"

"Ja es ist toll. Geben Sie es zu, hier hat man das Bacardi-Video gedreht. Ja hier muss es gewesen sein! Oder? Aber es fehlt die Palme ..." Ganz außer sich vor Aufregung drückte Monique ihr Handy in Alessios Hand und zog sich ihr Kleid und ihre Sandalen aus. Sie tanzte im Bikini durch den weißen Sand und während sie sämtliche Posen einnahm, die ihr einfielen, wies sie Alessio an, alles zu fotografieren. Monique legte sich lasziv ins märchenhaft blaue Wasser, setzte sich in die Wellen, räkelte sich im Sand und gab dabei immer wieder Kommando, um Alessio anzuleiten, wie er sie am besten in Szene setzen konnte.

Ja darin war Monique einzigartig. Sie wusste genau welche Haltung, welchen Gesichtsausdruck und wie viel Haut sie zeigen musste um das perfekte Foto zu bekommen. Lachend setzte sie sich vor Alessio in den Sand und schaute ihn mit strahlenden Augen an.

"Perfekte Location hier."

Alessio beugte sich zu ihr hinunter und blickte ihr tief in die Augen. Monique wusste was jetzt kam, es war immer dasselbe: der Fotograf, der sich in sein Model verliebte. Sie schloss die Augen und wartete, dass Alessio sie küsste. Sie spürte seinen Atem an ihrem Ohr und ein angenehmer Schauer lief ihr über den Rücken.

"What a feeling, Bacardi dreaming ...summte sie leise vor sich hin, bereit seine Lippen zu spüren.

"Bella donna", flüsterte Alessio, "bereit für die Wahrheit?"

Monique hauchte lächelnd. "Doch die Raffaelo-Werbung?"

"Nein, Madame, sind Sie bereit für die echte Wahrheit?"

"Ja", flüsterte Monique heiser, ohne genau den Wortlaut zu realisieren.

"Dann drehen Sie sich um und schauen hinter die Dünen. Was sehen Ihre hübschen Augen?"

Monique öffnete etwas verwirrt die Augen und schaute in die Richtung, in die Alessio mit der Hand zeigte. Sie konnte erst nichts Auffälliges entdecken. Einige Leute lagen auf ihren Handtüchern, die waren ihr vorher gar nicht aufgefallen. Hinter den Dünen wuchs hoher Schilf, dazwischen ein paar Sträucher. Sie sah die riesigen, bunten Wasserrutschen eines Acquaparks und einige Kirchtürme. Doch mit einem Mal registrierte sie, was Alessio meinte. In der Ferne erkannte sie eine hässliche, riesige Fabrik mit mehreren weißen Schornsteinen und einem Kühlturm.

"Was meinst du, das da?" fragte sie zögernd.

"Genau das da. Wissen Sie was das ist? Das ist die Fabrik, die diesen Strand Ihrer Träume gemacht hat."

Monique schaute Alessio verwundert an.

"Ja bella, eine Traumfabrik, was?"

Monique gluckste und ließ den Sand durch ihre feingliedrigen Finger rieseln.

"Magnifique[46], industrielles Sandbleaching! Welche geniale Geschäftsidee!"

Monique lächelte anerkennend, aber der Gesichtsausdruck von Alessio ließ ihr Lächeln verschwinden. Sein Blick war hart geworden, seine Mundwinkel nach unten gezogen, während er die Worte fast ausspie.

"Sandbleaching! Madame, sind Sie so naiv oder tun Sie nur so, um ihre heile, schöne Welt aufrecht zu erhalten?"

Monique blickte ihn entsetzt an. "Wie redest du denn mit mir?"

Alessio sah über Monique hinweg, sein Blick schien verbittert ins Leere zu gehen. "Sie sind wie die meisten Menschen. Sie hinterfragen nichts, Sie sind zu bequem für die ganze Wahrheit. Lieber nicht so genau hinsehen. Nach außen hin soll alles perfekt sein. Aber unter der schillernden Fassade ist nur Achtlosigkeit, Dreck und Hässlichkeit."

Monique sprang auf, schnappte ihre Sachen und lief den Tränen nahe davon. "Du furchtbarer Mensch, was sollte das?"

Alessio lief ihr aufgeregt gestikulierend nach.

---

46   Franz.: wunderschön

Ohne ein weiteres Wort zu wechseln, fuhren Alessio und Monique zurück zum Campeggio. Dort angekommen, ließ sie ihn stehen ohne ihn eines weiteren Blickes zu würdigen. Mit erhobenem Kopf ging sie Richtung Rezeption, elegant einen Fuß vor den anderen setzend, wie auf dem Catwalk.

Kapitel 19

Professor Torremante trat aus dem Büro des Ispettore. Er atmete tief ein und aus, nickte dem Segretario zu.

"Signore, *tutto a posto*. Dieses Kapitel wird nun bald geschlossen werden können, da bin ich mir sicher. Für die nächsten Tage stehe ich natürlich noch zur Verfügung. Hier die Adresse meiner neuen Unterkunft, der Ispettore weiß Bescheid."

Der Segretario nahm die Visitenkarte in Empfang. "Ah Sie haben sich direkt am Meer einquartiert?"

"Ja, ein paar Tage entspannen tut mir gut, bevor ich wieder nach Südtirol aufbreche."

Kapitel 20

"Signora Defabien. Nur noch wenige Fragen. Sie haben gesagt, dass Sie den ermordeten Alessio Diodato nicht näher kannten. Wenn ich aber Ihren Mann richtig verstanden habe, gaben Sie ihm allerhand Grund zur Eifersucht."

"Wie bitte? Ja, ich hatte ihm von der Begegnung erzählt, aber im Gegenteil, es schien ihn nicht sehr zu stören."

"Wir haben auch mehrere Zeugenaussagen, die beweisen, dass Sie mit dem Ermordeten schon eher, wie soll ich sagen …nun, es sah eben aus, als ob da mehr wäre."

"Pah!" Monique schüttelte ihre blonde Mähne und spitzte die Lippen. "Wenn Sie es genau wissen wollen, dieser Alessio hatte einen an der Klatsche. Er redete andauernd von Schmutz und Dreck und Skandal. Ich checkte gar nicht, was er eigentlich wollte. Er war irgendwie seltsam drauf und ja, vielleicht hab ich einmal sogar gesehen, dass er Sand mitnahm. Aber ich hatte damit nichts zu tun!"

Monique kramte in ihrer Handtasche, vermutlich nach dem Riechfläschchen, fand es aber nicht. Sie schaute den Ispettore an.

"Und, wars das jetzt?"

"Eines würde ich noch gerne wissen. Als Sie damals vor vier Jahren hier abfuhren, wohin ging die Reise?"

"Nun, mit unserer Yacht, damals war es noch die Tessa, die kleine, fuhren wir an die Côte d'Azur."

"Wie lange waren Sie dort?"

"Ein paar Tage, Claude hatte irgendeinen Geschäftstermin."

"Und danach?"

"Ohje. Ich glaub, an der italienischen Küste entlang bis nach Capri. Dort feierte ich meinen Geburtstag, wie jedes Jahr und anschließend weiter nach Sciacca, von da aus, Moment mir fällt es gleich wieder ein ..." Monique tippte mit ihren Zeigefinger auf ihre Stirn. "Ah ja, stimmt dann waren wir noch in Griechenland, haben dort mehrere Inseln angefahren. Wie die hießen, weiß ich allerdings nicht mehr."

"Da sind Sie aber schon sehr weit herum gekommen, Signora Defabien." Der Ispettore nickte bewundernd.

"Ja, mein Mann verbindet gerne das Angenehme mit dem Nützlichen."

Monique hatte endlich ihr Riechfläschchen gefunden, steckte es aber sogleich wieder zurück in ihre Handtasche.

"Dann waren Sie bestimmt auch schon auf Korsika?"

"Korsika? Nein, dort ist es mir zu rau und unzivilisiert. Da hat es mich noch nie hingezogen."

"Danke Signora, Sie dürfen jetzt gehen, ich habe keine weiteren Fragen mehr."

Der Ispettore strich sich nachdenklich über seinen Oberlippenbart und schaute Monique zu, wie sie elegant die Hüften schwingend, das Büro verließ.

Kapitel 21

Die Bar Alexandra war nicht viel anders, als die meisten Strandbars an der toskanischen Küste. Drei Seitenwände bestanden teilweise aus Rollläden, tagsüber hochgezogen, um die Hitze mit Hilfe der frischen Meeresbrise, erträglich zu machen. Der Deckenventilator drehte unermüdlich seine Runden. Es gab ein paar Bistrotische mit Stühlen. Die Theke war mit *Bomboloni, Ciambelle* und *Brioche*[47] gefüllt. Dazwischen ein paar belegte Brötchen. An der Wand dahinter, etliche Regale mit allerlei alkoholischen Raffinessen. Darunter eine Pinnwand mit angepieksten Postkarten aus aller Herren Länder und natürlich das Goldstück des Inventars, eine Kaffeemaschine von Bezzera, Milano. Aus den Lautsprecherboxen sprudelte Francesco Gabbanis *Tra le granite e le granate*[48] und der Barista summte gut gelaunt dazu, während er sein Geschirr klappernd einräumte. Am Tisch im hinteren Eck, neben der Eistruhe, saß ein braungebrannter Mann mit graumelierten, schulterlangen Locken, die er zu einem Pferdeschwanz zusammengebunden hatte, Drei- bzw. Fünftagesbart, kurzen Jeans, mit ausgefransten Säumen und weißem Feinrippun-

---

47 Italienische Backwaren
48 Ital.: Zwischen Granita und Granaten

91

terhemd. Er nahm gerade einen tiefen Zug von seiner selbstgedrehten Zigarette.

"Signor Santini?"

"Ja, der bin ich."

Der Ispettore rückte sich einen Stuhl zurecht und setzte sich Santini gegenüber.

"Ich bin Ispettore Mangiapane, *Questura di Livorno*, dürfte ich Ihnen ein paar Fragen stellen?"

"*Chiaro*[49], nur weiß ich nicht, ob ich sie Ihnen beantworten kann."

Der Mann grinste und nahm einen letzten Zug, um dann seine Zigarette im Aschenbecher hastig auszudrücken.

"Es geht um das verlassene Campeggio und den ermordeten Rettungsschwimmer, Sie haben sicher schon davon gehört?"

Santini nickte wortlos.

"Signor Defabien hat mir gesagt, dass Sie seit vier Jahren der Verwalter des Campeggio sind."

"Verwalter? Mmh, eher Elektriker."

---

49   Ital.: Klar

"Wie bitte?"

"Nun ja, Claude hat mir nur aufgetragen, aufzupassen, dass der Strom immer funktioniert, hauptsächlich im Restaurant. Das ist gar nicht so einfach, weil die *ragazzi* hier ständig die Verteilerkästen auseinandernehmen. Die reißen immer wieder Kabel raus und dann gibts n' Kurzschluss."

"Das ist doch gefährlich, warum wurde das Campeggio nicht vom Stromnetz abgekoppelt?"

"Keine Ahnung, müssen Sie Claude fragen."

"Und wie sieht dann Ihr Aufgabengebiet am Campeggio genau aus?"

"Nun, eben den Strom kontrollieren, die *ragazzi* rauswerfen, was nicht so leicht ist und schauen, dass sich auch sonst keine Unbefugten dort aufhalten."

"Von der Leiche in der Gefriertruhe haben Sie nichts bemerkt?"

"Nö. An allen Truhen im Lagerraum waren Schlösser dran, da hab ich schön die Finger weggelassen."

Santini grinste und fing an, sich eine neue Zigarette zu drehen.

"Signor Santini, kannten Sie Alessio Diodato?"

"Na klar, netter Typ, echt Mist, was da passiert ist. Kann mir gar nicht vorstellen, mit wem der so `nen Streit gehabt hat."

"Wann haben Sie ihn zuletzt gesehen?"

"Keine Ahnung. Tut mir leid, kann mich nicht erinnern."

"Sagt Ihnen der Name Rocco etwas?"

"Rocco, ja klar, das ist der ehemalige Besitzer des Campeggio. Der hatte das noch richtig gut in der Hand, der Laden lief, war jedes Jahr ausgebucht."

"Wissen Sie, was Rocco gemacht hat, nachdem er das Campeggio verkauft hat?"

"Ja klar, weiß doch jeder, er hat´s ja immer lautstark verkündet. 'Leute', prahlte er, 'ab morgen bin ich hier weg, Korsika, Saint-Tropez, Kreta und dann die ganze Welt.' Er macht nur noch Urlaub für den Rest seines Lebens. Ja Rocco, der hat´s geschafft, alles richtig gemacht."

"Und seine Familie?"

"Mmh, hat der keine, wir hier sind seine ganze Familie."

"Haben Sie in letzter Zeit was von ihm gehört?"

"Ja klar, mindestens einmal im Monat schickt der 'ne Karte. Da, schauen Sie."

Santini zeigte auf die Pinnwand mit den Postkarten.

"Alle von ihm. Marco, zeig dem Ispettore doch mal die Karten von Rocco."

Der Barista nahm ein paar Postkarten von der Pinnwand und legte sie dem Ispettore auf den Tisch. Kurz darauf surrte die Kaffeemaschine und Marco servierte einen Espresso. "*Prego*, Ispettore."

"*Grazie.*"

Der Ispettore schaute sich die Postkarten genau an. Tatsächlich, sie waren von überall her. San Tropez, Kreta, Algarveküste. Immer mit ein paar belanglosen Sätzen über Wetter, Essen usw.

"Haben Sie vielleicht zufällig auch ein Foto von Rocco?"

"Ja", mischte sich der Barista ein, "hier!"

Er zeigte auf ein gerahmtes Bild an der Wand. Man sah den Yachthafen im Hintergrund und einen dunkelhaarigen, etwas untersetzten Mann an der Mole vor einer Yacht stehen. Breit grinsend, den Mund

weit geöffnet und man sah seine weit auseinander-
liegenden Schneidezähne.

"Tatsächlich, das scheint dieser Rocco zu sein.
Die Yacht gehört auch ihm?"

Der Ispettore versuchte das Modell und den Namen
auf dem Bild zu erkennen.

"Mmh", Santini kratzte sich nachdenklich am
Kopf, "das ist die Tessa, eine San Lorenzo SL 86,
die Yacht, die damalige, von Claude Defabien.
Claude hat ja jetzt eine San Lorenzo 62 Steel, ein
paar Nummern größer. Rocco hat anscheinend einen Deal mit ihm gemacht und die Tessa...",er
zeigte auf das Bild, "...für seinen Ruhestand bekommen." Santini zündete sich seine Zigarette an,
inhalierte tief und blies den Rauch direkt auf das
Bild ..."*Beato lui*[50]!"

"Deal? Wer sagt das?"

"Defabien selbst."

Der Ispettore schaute auf das Bild, dann auf die
Postkarten und schließlich auf Santini.

"Danke Signor Santini. *Buona giornata*[51]."

---

50   Ital.: Der Glückliche
51   Ital.: Schönen Tag

Er nickte ihm zu und verließ langsam die Strand-bar. Nachdenklich strich er sich über seinen Ober-lippenbart.

Kapitel 22

Alessio legte sein Handy und seine Sonnenbrille in die Strandkabine, holte die Taucherbrille und Taschenlampe und ging Richtung Beachvolleyballplatz. Er wollte noch zwischen den Felssteinen nach der Kette von cara Sabine sehen. Obwohl die Kette kaum die Verzweiflung rechtfertigte, die Sabine befallen hatte, wollte er alles Mögliche versuchen, sie zu finden. Es schien, als ob ihre ganze Daseinsberechtigung an diesem silbernen Kettchen hing. Es tat ihm in der Seele weh, wie sie an sich selber litt. Alessio kannte diesen Zustand und es wunderte ihn auch nicht, an welch eigenartigen Strohhalmen sich Alkoholkranke festhalten konnten.

Er hatte Sabine gern und hinter ihrer ganzen Traurigkeit sah er eine verletzliche, liebenswerte Frau. Aber er wusste auch, dass nur sie selbst den ersten Schritt zur inneren Heilung machen konnte. Er konnte nichts weiter für sie tun, als sie dabei ein Stück zu begleiten. Als Rettungsschwimmer konnte er Menschen vor dem Ertrinken retten. Verlorene Seelen in ihren Heimathafen zurück zu bringen, war eine höhere Aufgabe und erforderte mehr, als nur ein Wegbegleiter oder Wegweiser zu sein.

Alessio liebte es, den Zufall oder vielleicht auch die Vorsehung spielen zu lassen. Allerdings nur in zwischenmenschlichen Beziehungen. So hatte er heute ihren Nachnamen erfahren. Sabine Oswald ... hatte sie auf den Zettel geschrieben.

'Das, was du brauchst findet immer den Weg zu dir, ohne dass du dich anstrengen musst.'

Andere Dinge dagegen konnte und wollte er auf gar keinen Fall dem Zufall überlassen und schon gar nicht tatenlos zusehen. Vor allem nicht bei den Riesenschweinereien, die seiner Meinung nach hier in der Gegend passierten. Ständig versuchte er darauf aufmerksam zu machen, aber offensichtlich interessierte dies niemanden. Weder die Polizei, noch die Umweltbehörde und schon gar nicht den Großteil der Bevölkerung. Überfordert vom täglichen Überlebenskampf hatten diese jeden Blick über den Tellerrand hinaus verloren. Dazu die Trägheit derjenigen, die am liebsten die Komfortzone nicht verlassen und wenn, dann nur um ballare e cantare[52]...und am liebsten nicht an morgen denken.

Es war schon dunkel und Alessio hatte alle Mühe, mit der Taschenlampe die Spalten zwischen den Steinen abzusuchen. "Die Taucherbrille hab ich wohl umsonst mit", dachte er. Er wollte schon auf-

---

52   Ital.: Tanzen und Singen

geben, da sah er etwas glitzern. Tatsächlich, er hatte das Fußkettchen gefunden! Er steckte es in seine Salvataggio-Shorts und war dabei sich aufzurichten. Da wurde es auf einmal hell, ein Blitz und ein lauter Donner ließen Alessio kurz zusammenfahren. Wo kam denn um Himmels Willen das Gewitter jetzt so schnell her? Beim nächsten Blitz, der gleich darauf wieder alles taghell werden ließ, fiel sein Blick auf etwas Schimmerndes. Er leuchtete nochmals mit seiner Taschenlampe und stellte fest, dass es sich um ein Fass handelte. Je mehr er hinter die Steine leuchtete, umso besser erkannte er, dass es sich um mindestens ein halbes Dutzend Fässer handelte. Auf einem war sogar ein Aufkleber zu sehen. Alessio war sich sicher, ein Totenkopfsymbol zu erkennen.

"Verdammt nochmal, was soll das denn? Unmöglich, wie kommen die hier rein?"

Ein ungeheurer Verdacht kam in ihm auf und er beschloss sofort, Rocco zu suchen. Hatte Rocco etwas mit diesen Giftfässern unter dem Wellenbrecher zu tun?

Alessio fand Rocco schließlich im Restaurant. Alles war in Aufregung, der Strom war während des Gewitters ausgefallen und einige Gäste waren außer sich vor Sorge. Irgendwann konnte Alessio

Rocco kurz auf die Seite nehmen. Mit der Tatsache konfrontiert winkte Rocco ab.

"Das geht mich hier nichts mehr an." Er machte mit seinem rechten Zeigefinger eine schnelle Bewegung unter dem Kinn. "Me ne frego[53]!"

"Rocco, du kannst das nicht ignorieren! Willst du das alles so hinterlassen? Du hast davon gewusst! Rocco was läuft hier?"

"Ich weiß von gar nichts".

Rocco schnaufte laut und seine Stimme wurde schrill. "Heute habe ich alles unter Dach und Fach bekommen! Morgen bin ich hier raus. Jetzt hat Monsieur Claude hier das Kommando und übrigens, dann kann ich es dir auch gleich selbst sagen, bevor es dir morgen die Campverwaltung eröffnet. Du bist entlassen, gefeuert! Adiós amigos[54]!"

Roccos Gesicht verzerrte sich zu einer hässlich grinsenden Fratze.

"Signor Claude hat ausdrücklich drauf bestanden, dass du hier nicht mehr auftauchst und allora ...er ist jetzt der padrone[55]! Vielleicht ist er verärgert, weil du seiner bella ragazza zu nahe gekom-

---

53 Ital.: Ich pfeif drauf
54 Span.: Auf Wiedersehen, Freunde
55 Ital.: Boss

men bist!" Er stupste Alessio mit dem Ellbogen in die Seite. "Ah, Signor Rettungsschwimmer hat mit Madame Investor baci, baci[56]."

Rocco machte ein paar lächerliche Kussbewegungen und schließlich eine freche Pinocchionase mit den Fingern.

"Das ist jetzt ja gar nicht gut gelaufen, hä?"

"Rocco, hältst du mich denn für so einfältig?"

Alessio konnte sich gerade noch beherrschen, obwohl er kurz davor war, seine Hand gegen Rocco zu erheben.

"Alessio, willst du wissen was ich von dir halte? Du bist eine riesengroße Idiota, hattest so einen easy Job und jetzt? Also los! Her mit meinen Sachen, kannst mir alles gleich hier geben."

"Welche Sachen, Rocco? Ich hab nichts von dir."

"Oh doch, stupido ragazzo[57], dein Rettungsschwimmer-Shirt, deine Schwimmshorts, deine Trillerpfeife! Alles meins!"

"Wie kleinlich bist du denn jetzt?"

---

56   Ital.: Küsse
57   Ital.: Dummer Junge

"Ich mach heute Tabula rasa und mit dir fang ich an, wolltest mir doch mein bestes Geschäft kaputt machen ey? Meinen Ruhestand ruinieren! Was macht's denn da aus, wenn du ein bisschen halbnackt vor mir stehst, hä ...los runter mit der Hose ... presto presto!"

Rocco war dermaßen wütend geworden und nachdem Alessio nur noch in seiner schwarzen Badehose vor ihm stand, wedelte Rocco mit den roten Salvataggio-Shorts, spuckte verächtlich vor ihm aus und flüsterte mit heißerer Stimme.

"Und jetzt, avanti avanti[58] *...ich will dich hier nicht mehr sehen!"*

Alessio drehte sich um und lief an seine Kabine am Strand, wo er seine wenigen Habseligkeiten zusammenpackte und rannte, ohne sich noch einmal umzudrehen, am Strand entlang Richtung Yachthafen.

---

58   Ital.: Vorwärts

Kapitel 23

Im Vorzimmer der Questura waren die Fenster mit Läden geschlossen, um die Hitze draußen zu lassen. Im Innern lief die Klimaanlage und trotzdem war es unerträglich heiß an diesem späten Vormittag. Monique fächelte sich mit einem kleinen Handfächer Luft zu, um sich einigermaßen Linderung zu schaffen.

"Claude, wann können wir hier endlich wieder weg? Ich hab es satt. Diese muffigen Zimmer und diese ständigen Befragungen."

"*Cherie*, glaub mir, das hier ist bald vorbei und außerdem können sie uns ja nicht gegen unseren Willen hier festhalten."

"Ach, warum hast du mir das nicht gleich gesagt? Dann wäre ich schon längst nach Milano abgefahren."

Claude küsste Monique auf die Wange und flüsterte ihr ins Ohr. "Liebling, ich wollte dich eben gerne an meiner Seite wissen. Hab ein bisschen Geduld. Wir fahren dann auch ganz bestimmt nach Capri, oder wohin du sonst gerne möchtest."

Monique schmiegte sich an Claude und lächelte beruhigt.

"Signora und Signor Defabien?" Der Ispettore stand an seiner geöffneten Bürotür und winkte die beiden herein. "Bitte, setzen Sie sich."

"Inspecteur, ich hoffe wir sind hier bald fertig. Meine Frau und ich werden in den nächsten Tagen abreisen."

"Sicher Signor Defabien, ich habe nur noch ein paar Fragen an Sie."

"Na dann, bitte." Claude nestelte ungeduldig in seiner Männerhandtasche und zog dann einen Terminkalender hervor. "Sie sehen, meine Agenda ist übervoll."

"*Allora*", begann der Ispettore, "Ihre DNA-Proben haben Sie sicher schon abgegeben?"

"*Sì*, Inspecteur", antwortete Monique augenrollend. Wie erniedrigend sie es empfand, wie Verdächtige behandelt zu werden, behielt sie allerdings für sich."

"Nun gut. Signor Defabien, Sie hatten mich ja an Signor Santini verwiesen."

"Und, haben Sie ihn erreicht?"

Der Ispettore nickte.

"Lassen Sie mich raten, in der Bar Alexandra!"

Ispettore Mangiapane nickte nochmals breit grinsend. Claude schlug mit der flachen Hand auf den Tisch und tippte mit seinem rechten Zeigefinger in die Luft. "Bingo!"

Der Ispettore lächelte amüsiert. "Ja das war ein Volltreffer."

"Konnte er Ihnen weiterhelfen?"

"Nun ja. Wie Sie schon sagten, scheint Signor Santini eher von der Sorte *Dolce Vita*[59] zu sein."

Claude schmunzelte vergnügt. "Das ist aber sehr höflich ausgedrückt."

"Er konnte mir in Bezug auf den toten Rettungsschwimmer nicht viel helfen, leider. Allerdings hat er einen Signor Rocco erwähnt. Sagt Ihnen der Name etwas?"

Ganz kurz schien ein dunkler Schatten über Claude Defabiens Gesicht zu huschen, dann aber lächelte er matt. "Rocco? Ja natürlich. Er war der Vorbesitzer des Campeggio. Wir haben zusammen die Übergabe gemacht."

---

59   Ital.: Das süße Leben

Der Ispettore lehnte sich zurück und spielte mit seinem Kugelschreiber. "Nun, ich frage mich, ob dieser Rocco etwas mit dem Mord an Alessio Diodato zu tun haben könnte."

Die Tür öffnete sich und der Segretario brachte ein Tablett mit drei Tassen Espresso und servierte sie freundlich lächelnd.

"Danke Segretario, Signora und Signore, bitte bedienen Sie sich. "Der Ispettore begann an seinem Espresso zu nippen, während er im Plauderton weitersprach. "Es ist schon sehr interessant, dass dieser Signor Rocco exakt am 25. August aufgebrochen ist. Auf seine, sagen wir mal Weltreise, finden Sie nicht auch, Signor Defabien?"

"Nun, schon irgendwie", erwiderte Claude eifrig und nahm einen großen Schluck.

"Ah, Moment, bevor ich es vergesse." Der Ispettore kramte in seiner Schublade und holte einen großen Fotoabzug heraus und hielt ihn in die Höhe. "Signora Defabien, erkennen Sie dieses Bild?"

Monique lachte laut auf. "Aber natürlich. Das ist aber nicht das Aktuellste."

Der Ispettore reichte ihr das Foto, das Monique vor einer atemberaubenden Urwaldkulisse im knappen Bikini zeigte. "Würden Sie mir bitte die Ehre erweisen und mir ein Autogramm schenken. Vielleicht auch noch ein paar Worte? Das wäre schön. Übrigens, mein Vorname ist Lorenzo. "Der Ispettore strich sich schmunzelnd über seinen Oberlippenbart und blinzelte Claude verschmitzt zu.

"Nur mit Ihrer Erlaubnis, natürlich."

Claude räusperte sich kurz, atmete tief ein und nickte kurz. "Aber sicherlich. Ich bin es gewöhnt, meine wunderschöne Frau auf gewisse Weise zu teilen."

"Bitteschön", hauchte Monique und gab dem Ispettore das Bild zurück.

"*Merci beaucoup*[60], Madame, sehr freundlich". Der Ispettore verstaute sichtlich erfreut seine Trophäe in der Schreibtischschublade. "Nun, wo waren wir? Ah ja", fuhr er fort, "Signor Defabien, ich vermute, dass dieser Signor Rocco eventuell Streit mit Alessio Diodato gehabt hat. Wir haben auch eine verlässliche Zeugenaussage dazu. Und dass in Folge dieses Streits ..."

"Aber ja natürlich, Schatz", unterbrach Monique hastig. "Dieser Rocco hat dich doch noch spät nachts angerufen und du musstest nochmal ins Restaurant, erinnerst du dich nicht mehr? Der schrie so laut, das hörte sogar ich durchs Telefon. Ja klar,

---

60   Franz.: Dankeschön

die hatten Streit. Ganz sicher ist dieser Rocco der Mörder!"

"Hm", Claude runzelte die Stirn, "wie meinst du das, Monique?"

"Nun, Signor Defabien, ich glaube Ihre Frau liegt nicht ganz falsch. Was meinen Sie?"

"Ah ja. Vielleicht." Claude überlegte. "Stimmt, ich war nochmal im Restaurant und dieser Rettungsschwimmer und Rocco stritten sich heftig. Um was es ging, keine Ahnung. Ich erinnere mich nur noch daran, dass Rocco diesen Rettungsschwimmer massiv bedrohte. Ich konnte die zwei dann irgendwie beschwichtigen und bin dann wieder zurück an den Yachthafen."

"Können Sie sich noch erinnern, wie spät es da war?"

"Leider nein, Inspecteur."

"Aber ich, Claude, es war ungefähr vier Uhr."

"Woher willst du das denn so genau wissen, Monique?" Claude legte seine rechte Hand auf ihren linken Oberschenkel.

"Ich wurde wach, als du kamst und dabei sah ich die Fischerboote. Die fahren immer um diese Zeit raus, zum Fischfang."

"Danke Signora, somit bestätigt sich mein Verdacht. Dieser Rocco könnte als Mörder in Betracht kommen. Signor Defabien, haben Sie eine Ahnung, wo der sich momentan herumtreiben könnte?"

"Keine Ahnung, Inspecteur. Aber ich weiß, dass er regelmäßig eine Postkarte an die Bar Alexandra schickt.

"Ach ja! Danke Signor, Sie haben uns außerordentlich weiter geholfen." Der Ispettore erhob sich. "Bitte, Sie dürfen jetzt gehen!"

Als sich die Bürotür hinter Signora und Signor Defabian schloss, nahm der Segretario, der die ganze Zeit anwesend geblieben war, zwei Asservatenbeutel aus seiner Jackentasche. Er stülpte jeweils einen geschickt über jede Espressotasse und verschloss sie vorsichtig. "*Ecco qua*, Ispettore!"

Dieser nickte. "*Perfetto*! Und jetzt Daniele, ganz schnell zu unserem Freund Torremante!"

Kapitel 24

Der Ispettore betrat die Bar Alexandra, bestellte sich einen Cappuccino, betrachtete die Pinnwand mit den Postkarten und mit entschlossenem Blick richtete er sich an den Barista.

"Wir müssen alle Postkarten beschlagnahmen!"

"*Sì*, Ispettore, *certo*[61]."

Der Barista entfernte eine nach der anderen und steckte sie in die Plastiktüte, die ihm der Ispettore reichte.

"Und auch dieses Bild da."

Der Barista tat, was der Ispettore verlangte.

"*Grazie*". Der Ispettore löffelte seinen Cappuccino leer und verließ die Strandbar mit dem guten Gefühl, wieder eine Jagdtrophäe mehr ergattert zu haben.

An der Tür traf er auf Santini.

"*Buongiorno* Ispettore, schon so früh unterwegs?"

---

61   Ital.: Sicher

"Signor Santini, *buongiorno*. Na, läuft der Strom im Campeggio?"

"*Sì* Ispettore, *tutto a posto!*"

"Ich erwarte Sie morgen früh, pünktlich um neun, auf der Questura!"

Santini setzte sich auf seinen Stuhl, im hinteren Teil der Bar und begann zitternd eine Zigarette zu drehen.

Der Ispettore sah ihm nachdenklich zu. "Sie leiden vermutlich sehr an Ihrer Nikotinsucht?"

Santini blickte ihn besorgt an und nickte wortlos. Der Ispettore nickte ihm ebenfalls wortlos zu und verließ daraufhin endgültig die Strandbar.

Kapitel 25

Der Segretario klopfte kurz an und trat ins Büro des Ispettore. "Hier Ispettore, die Eintragungen sämtlicher Hafenkommandanturen im gesamten Mittelmeerbereich, einschließlich der Algarveküste. Hab die von ihnen gewünschten Namen markiert. Sehen Sie, die Tessa grün und die Helena orange."

"Danke Daniele, *grazie mille*."

Der Segretario legte den Stapel Blätter auf den Tisch. "Übrigens, draußen wartet die Deutsche. Sie sagt, ihr wäre noch was eingefallen."

Der Ispettore schaute überrascht auf. "Ah? Gut. Dann schicken Sie sie gleich rein und bitte, bringen Sie uns zwei Tassen Espresso."

Der Ispettore nahm Sabine freundlich in Empfang. Mit ihrem nicht ganz perfekten Italienisch versuchte sie, so präzise wie möglich ihre Aussage zu machen.

"Signor Ispettore. Ich habe mich erinnert, dass ich den Mann schon mal gesehen habe. Der Mann, mit dem schwarzgefärbten Haar und dem …"

Sabine machte eine Handbewegung die einen langen Seitenscheitel andeutete.

"Und wo war das genau und wann?"

"In der Nacht mit dem Gewitter. Nach dem der Strom wieder da war, ging ich nochmal ins Restaurant. Ich hatte Durst und wollte mir eine Flasche *acqua minerale*[62] holen." Sabine schaute etwas verlegen auf ihre Hände. "Es war aber niemand mehr vom Service da. Ich hörte Stimmen aus der Richtung vom Lagerraum und schaute hinein. Da sah ich diesen Mann mit dem ..."

Sabine deutete wieder mit der Hand einen Seitenscheitel an. "Er stritt mit einem anderen, kleineren Mann."

"Haben Sie den kleineren Mann gekannt?"

"*Mi dispiace*[63], nein."

"War der andere, kleinere Mann der Rettungsschwimmer Alessio?"

"Nein Ispettore, ganz sicher nicht."

Der Ispettore öffnete seine Schreibtischschublade und nahm ein Bild heraus und zeigte es Sabine. "War es dieser Mann, den Sie gesehen haben?"

---

62   Ital.: Mineralwasser
63   Ital.: es tut mir leid

Sabine schaute lange hin und nickte dann. "Ja genau. Dieser Mann war da und der mit dem ..."

"...Seitenscheitel," beendete der Ispettore den Satz.

Der Segretario kam mit einem Tablett darauf zwei Tassen Espresso, ins Büro, stellte sie auf den Schreibtisch, nickte Sabine zu und verließ das Büro.

"Ja Signora und dann?"

"Nichts. Ich bin dann wieder in meinen Bungalow zurück. Ohne Wasser."

"Haben Sie irgendetwas vom Streit mitbekommen. Um was ging es?"

"Ich konnte damals noch nicht viel Italienisch. Leider hab ich nichts verstanden."

"Danke Signora, vielen Dank. Das war jetzt doch außerordentlich hilfreich."

Der Ispettore und Sabine tranken wortlos ihren Espresso. Dann blickte der Ispettore Sabine tief in die Augen.

"Sie hatten sich mit Alessio Diodato gut verstanden?"

"Ja!" Sabine schossen die Tränen in die Augen. "Er sprach sehr gut deutsch und hat mir in den wenigen Tagen, die ich damals hier war, quasi mein Leben gerettet. Und jetzt ...ich bin wieder hier und kann ihm nicht mal mehr Danke sagen." Die letzten Worte gingen im Schluchzen unter. Sabine wurde regelrecht von ihrem Schmerz durchgeschüttelt. Und sie war außerstande sich zu fangen. Der Ispettore stand auf, holte eine Packung *fazolletti*[64] aus der Schreibtischschublade und schob sie Sabine hin. Er ging auf sie zu, setzte sich in die Hocke vor sie und nahm ihre Hände in die seinen.

"Signora Sabine, *andrà tutto bene*[65]. Was Sie heute getan haben ist viel besser als Danke zu sagen, Sie werden sehen."

---

64   Ital.: Taschentücher
65   Ital.: Alles wird gut

Kapitel 26

Es war früher Nachmittag, als das kleine Motorboot der Belpaese-Italia am Yachthafen anlegte und kurz darauf ein dunkelblonder, braungebrannter Mann in Rangeruniform die Mole betrat. Er wandte sich Richtung Strand. Aufmerksam ging er am Meer entlang und stand plötzlich vor einem riesigen Schutthaufen. Mühelos gelang es ihm das Hindernis zu erklimmen. Oben angekommen schaute er sich nach allen Seiten um. Ein sichtbarer Schauer lief ihm über den Rücken, als er die verlassenen und zerstörten Gebäude des Campeggio erblickte. Vorsichtig und mit gesenktem Blick, verließ er den Schutthaufen und entdeckte einzelne Keramikscherben, die er nachdenklich betrachtete und in seine Rangertasche steckte. Am verlassenen Beachvolleyballfeld schaute er kurz auf die großen Felsen, die als Wellenbrecher dienten, um dann langsam in Richtung Restaurant zu gehen. An der Treppe vor dem Eingang traf er auf den Ispettore, der dort mit zwei Carabinieri wartete.

"*Salve*, Ispettore", grüßte der Ranger und mit erstickender Stimme fügte er hinzu, "Sie haben nicht übertrieben. Das hier ist der absolute Horror. Es ist gruseliger als im London Dungeon."

"Ja wirklich ein Lost Place. Danke Signore, dass Sie gekommen sind."

"Ispettore, ich würde nachher gerne noch ein paar Boden- und Sandproben nehmen."

Der Ispettore lächelte und schob sich die Mütze in den Nacken. Der Ranger stockte kurz.

"Sie erlauben?"

Als der Ispettore grinsend nickte, fuhr er fort.

"Ich möchte sie später auf meinem Boot analysieren. Ich habe das notwendige Equipment dabei."

Der Ranger begleitete den Ispettore ins Restaurant, während die Carabinieri mit angelegten Maschinengewehren den Eingang sicherten.

"Unglaublich. Seit Jahren versuchen wir uns hier offiziell Zutritt zu verschaffen. Sämtliche Anträge, Beschwerden und sogar Anklagen wegen illegaler Sondermüllentsorgung verliefen buchstäblich im Sande. Wie lange hat das jetzt gedauert."

Der Ispettore antwortete langsam. "*Sì, è terribile*[66]. Irgendjemand oder irgendwas ist hier mit eingebunden, das größten Einfluss auf die Bürokraten hat. Es geht um Beziehungen, über die Dienstvorschriften hinaus."

---

66   Ital.: Es ist schrecklich

"Sie meinen eine kriminelle Organisation?"

Der Ispettore schaute den Ranger vielsagend an und nickte. "Signore, in Kürze wird Professor Torremante aus Bozen, uns den aktuellen Stand der Autopsie mitteilen. Er hat uns gebeten, das hier vor Ort zu machen."

Der Ranger schaute sich im Restaurant um. "Hier stellen sich einem die Haare zu Berge. Die Schwingung in diesem Raum ist beklemmend, ja direkt grauenhaft."

"Und ich befürchte, daran wird auch mein Autopsiebericht nichts ändern." Professore Torremante war eingetreten. Eine Aktentasche unter dem Arm.

"Ah *buongiorno, professore*," empfing ihn der Ispettore, "darf ich vorstellen, unser Ranger von der Isola Montecristo ist angekommen."

Professor Torremante lächelte und begrüßte den Ranger herzlich. "*Sì, buongiorno*, heute ist ein guter Tag. Das Rätselraten hat ein Ende und Sie werden uns bestimmt noch die letzten Puzzleteile liefern."

"Mit Vergnügen, Professor, soweit ich dazu in der Lage bin."

Der Professor gab den beiden ein Zeichen ihm zu folgen und trat in den Lagerraum der ehemaligen Küche. Der Raum war deckenhoch in cremeweiß gekachelt, mehrere Kühltruhen und Regale standen vor den Wänden. Ein kleines Fenster, dessen Scheiben zerbrochen am Boden lagen, befand sich unterhalb der Decke und war von außen mit Metallgittern versehen.

"*Allora*, kommen wir am besten gleich zur Sache. Der Tote wurde hier, in dieser Kühltruhe gefunden. Der Zustand der Leiche deutet darauf hin, dass sie tiefgefroren war, allerdings mehrmals auftaute und dadurch zeitweise eingetrocknet ist. Wir gehen davon aus, dass der Tote hier im Restaurant erwürgt wurde. Wir fanden eindeutige Würgemale am Hals, sowie DNA-Spuren des Täters. Allerdings sind einige weitere DNA-Spuren gefunden worden. Der Täter muss die Leiche in die Truhe geschafft und sie mit einer Kette und Markschloss versperrt haben. Die Tür zum Lagerraum wurde wohl auch verschlossen. Wir fanden Spuren von Stickstoff am Körper des Opfers, sowie in der Tiefkühltruhe."

"Stickstoff", unterbrach ihn der Ispettore, "woher?"

"Ja, das ist auch für uns noch eine unbeantwortete Frage. Erstens, woher stammt der Stickstoff und zweitens, war er schon vorher in der Truhe, oder wurde er später hinzugefügt? Nun, zum Glück konnte der Tote endgültig identifiziert werden. Anhand der Röntgenaufnahmen des Kiefers wurde eine Diastema mediale diagnostiziert, die mit Bildern und medizinischen Gutachten endlich abgeglichen worden ist. Somit haben wir den Toten, den Mörder, den Tathergang."

Der Ispettore strich sich über seinen schmalen Oberlippenbart. "Es fehlt das eindeutige Motiv und die Erklärung des Stickstoffs!"

"Ja Ispettore, so sieht es momentan aus."

"Klar, das Motiv. Mir kommt da eine Idee!"

Der Ispettore und Professor Torremante starrten zuerst den Ranger und schließlich einander ungläubig an.

"Ispettore, Professor, folgen Sie mir bitte!" Der Ranger lief schnurstracks Richtung Beachvolleyballfeld und dann Richtung Strand. Vorbei am eingebrochenen Animationspavillon, über Betonbrocken, zersplitterte Plastikstühle und zerschlagene Pflanztöpfe. Gefolgt von den zwei Carabinieri, dem Professor und dem Ispettore. Am Wellenbrecher angekommen kletterte er flink auf die großen Steine und lief geschickt von einem zum anderen. Am Ende der Felsen angekommen, machte er schließlich halt, legte sich auf sie und starrte in die Hohlräume. "Signori, Bingo! *Ecco qua*! Schauen Sie! Das Motiv. Die Fässer!"

Der Ispettore kroch auf die Felsen und versuchte, mit seiner Taschenlampe etwas zu entdecken.

"*Mamma mia*, das schaut eindeutig nach Giftmüll aus."

"Vor aller Augen abgelagert, skrupellos. An einem Ort, der zur Erholung dienen sollte. Ich bin mir sicher, dass auf dem Gelände noch mehr Abfälle gebunkert sind."

Der Professor begann zu kombinieren. "Illegaler Sondermüll...Stickstoff...Tiefkühltruhe… das sieht für mich nach einer missglückten Lupara Bianca aus!"

"Lupara was?" Der Ranger schaute den Professor fragend an.

"Lupara Bianca ist die Bezeichnung für eine in Mafiakreisen beliebte Methode, bei der das Mordopfer spurlos beseitigt wird", antwortete der Ispettore.

"Und hier wurde es mithilfe einer Promession versucht. Die allerdings schief gelaufen ist. Entweder durch Unkenntnis oder Unachtsamkeit", erklärte der Professor.

Während der Ranger und der Ispettore ihn schweigend anschauten fuhr er fort.

"Eine Promession beschleunigt die Verwesung durch vorheriges kryotechnisches Granulieren und Trocknen der Leiche. Die Leiche wird auf minus 18 Grad Celsius vorgekühlt, dann in eine Vorrichtung, sprich Promator gegeben und dort mit einem flüssigen Stickstoffbad auf minus 196 Grad Celsius gebracht. Der Körper ist dann so spröde, dass das Gewebe und Knochen durch Vibrationen zu einem feinen, geruchlosen Granulat zerkleinert werden können. Diesem wird durch anschließende Gefriertrocknung das Wasser entzogen, so dass nur noch circa dreißig Prozent des ursprünglichen Körpergewichts verbleiben. Wird das Granulat vergraben, verwandelt es sich innerhalb eines Zeitraums von 6 bis zwölf Monaten in Humus[67].

Der Ispettore tippte sich an die Lippen. "Mmh, der Ermordete wusste zu viel und musste aus dem Weg geschafft werden."

"Ja. Er wusste Bescheid über den hier abgelagerten Sondermüll", warf der Ranger ein, "womit auch das Motiv erklärt wäre."

"Eine schiefgelaufene Promession, wahrscheinlich nicht nur durch unzureichende Kenntnis dar-

67   Quelle: https://www.geo.de/natur/nachhaltigkeit/2879-rtkl-promession-gruener-sterben

über, sondern auch Unachtsamkeit oder technische Probleme, wie zum Beispiel Stromausfälle?"

"Ja Ispettore, das wäre durchaus möglich."

"*Signor Santini e la Dolce Vita.*" Der Ispettore schmunzelte. "*Perfetto*, der Fall wäre gelöst." Er rieb sich die Hände. "Jetzt fehlt nur noch das Geständnis des Mörders!"

Kapitel 27

Auf der Questura in Livorno herrschte emsiges Treiben. Beamte, Carabinieri, der Oberstaatsanwalt und einige Kollegen der Polizia Statale waren seit dem frühen Morgen beschäftigt. Es war ein extremer Kraftakt der Bürokratie, der heute gestemmt werden musste. Die Espressomaschine lief im Dauerbetrieb, genauso wie sämtliche Computer, Kopierer und Faxgeräte.

Ispettore Lorenzo Mangiapane hatte seine frischgereinigte Uniform abgebürstet und strich sich zufrieden über seinen zurechtgestutzten, schmalen Oberlippenbart. Heute war sein Tag. Er war aufgeregt und erfreut zugleich und er schmunzelte öfter als sonst.

Das Wartezimmer war voll und er wies Segretario Daniele nochmals an, genügend Stühle in sein Büro zu schaffen. Sie sollten im Halbkreis um seinen Schreibtisch aufgestellt werden. Nur so konnte er alle Vorgeladenen gleichzeitig im Blick behalten.

Punkt zehn öffnete sich das Büro und die wartenden Zeugen traten einer nach dem anderen ein und nahmen Platz. Der Ispettore stand hinter seinem

Schreibtisch schaltete das Aufnahmegerät ein und räusperte sich.

"*Buongiorno*. Danke, dass Sie alle hier sind. Zuerst möchte ich Ihnen für Ihre Mitarbeit danken, ohne die sehr nützlichen Aussagen Ihrerseits..."

Ein plötzliches Stimmengewirr von draußen ließ ihn unterbrechen. Die Tür des Büros öffnete sich und Hildrut und Ulisse Pavini stürmten schweißgebadet in den Raum. "Ja du liebe Zeit, wir sind gerade zu spät." Hildrut kramte nervös in ihrer Handtasche und zog schließlich ein kariertes Taschentuch hervor. "Schau Ulisse, alle schon da, bloß wir noch nicht. *Salü*[68], Signor Ispettore, Verzeihung aber mein Mann musste unbedingt noch das rote Motorrad auf dem Parkplatz bewundern. *Scusi* vielmals." Sie reichte ihrem Mann das Taschentuch, der sich sogleich damit seine Stirn abtrocknete und mit hochrotem Kopf auf einen der freien Stühle setzte.

"*Buongiorno, perfetto*, jetzt sind wir also komplett." Der Ispettore setzte sich. Auf seinem Schreibtisch lagen etliche Asservatenbeutel mit diversen Inhalten. Während er sprach hob er den ein oder anderen Beutel nach oben um ihn den Anwesenden zu zeigen."Wir haben hier die verschiedenen Gegenstände, die beim Ermordeten am Tatort aufgefunden wurden. Ein T-Shirt, eine Trillerpfeife.

---

68   Schweiz.: Guten Tag

Rote Badeshorts mit einem Polaroidfoto, einem Zettel und einem Fußkettchen in der Tasche. Alles Dinge, die Alessio Diodato zuletzt bei sich trug. Auf dem Polaroidfoto sind Hildrut und Ulisse Pavini mit Alessio Diodato zu sehen, auf der Rückseite stehen die Namen des Ehepaars und das Datum 24. August.

"Ach herrje, da ist ja die Fotografie!" rief Hildrut überrascht aus.

"Foto, das heißt Foto, liebe Hildrut. Fotografie ist die Umschreibung der Tätigkeit." Ulisse blickte entschuldigend in die Runde und anschließend auf den Ispettore.

Dieser ließ sich nicht aus der Ruhe bringen und fuhr fort. "Ein Zettel mit der Aufschrift Sabine Oswald, Bungalow Butterfly. Beides, das Foto und der Zettel wurden mit demselben Kugelschreiber beschriftet."

"Noleggio-Lettini-Stand", flüsterte Sabine mit Tränen in den Augen.

"Ein Fußkettchen, Silberimitat, made in China." Der Ispettore hielt auch diesen Beutel mit Inhalt nach oben. Sein Blick fiel auf Sabine, die erschrocken mit beiden Händen ihren Mund bedeckte, so dass ihr Aufschluchzen kaum hörbar war.

"Des weiteren, sämtliche DNA-Proben, die Sie uns freundlicherweise zukommen ließen."

Er hielt einige Beutel mit Haarproben und Wattestäbchen hoch.

"Zum DNA-Abgleich die Proben, die wir vorsichtshalber zusätzlich von Ihnen genommen haben." Der Ispettore schmunzelte vergnügt, als er den Zigarettenstummel einer Selbstgedrehten und sämtliche Espressotassen zeigte. "Bis auf eine, waren alle identisch mit den von Ihnen abgegebenen Proben." Seine Augen fixierten Monsieur Defabien, der unruhig auf seinem Stuhl hin und her rutschte.

"E poi[69], dreiundvierzig Ansichtskarten aus ganz Europa. Adressat jeweils die Strandbar Alexandra, der Absender D. Rocco. Beschriftet mit diversen Kugelschreibern beziehungsweise Filzschreibern. Briefmarken und Poststempel zeigen verschiedene Orts- und Datumsangaben der vergangenen vier Jahre auf. Wie zum Beispiel: Nizza 28. August, Sciacca 14. September, Rhodos 28. April und so weiter und so weiter. Die Karten tragen eindeutige Spuren und Verunreinigungen, die darauf schließen lassen, dass sie postalisch unterwegs waren. Adressat und Absender weisen die gleiche Handschrift auf, jedoch der restliche Text bei allen Karten eine andere. Diese andere Handschrift wurde abgegli-

---

69   Ital.: und dann

128

chen und vom Gutachter bestätigt und ist identisch mit der Handschrift auf diesem Poster."

Ein lautes Raunen und ein erstauntes "*Mon Dieu*, nein", unterbrachen die bis dahin angespannte Ruhe, als der Ispettore das Poster hochhielt, mit der fast nackten Monique Defabien im Dschungel, auf dem unter anderem, die Worte `Mon Cherie Lorenzo` standen.

"Wie ist das möglich? Wo kommen diese Postkarten her?" Monique war entsetzt aufgesprungen und wollte auf den Ispettore zustürmen, aber dieser hob seine Hand und gab ihr mit einer eindeutigen Geste zu verstehen, dass sie sich setzen sollte.

Der Segretario, der im Eck unter der Tricolore saß und Protokoll führte, konnte sich ein breites Grinsen kaum verkneifen, widmete sich aber sofort wieder seinem Notizblock.

Der Ispettore hielt erneut einen Asservatenbeutel hoch. "Eine weitere Postkarte 'Bastia bei Nacht' Korsika, gleicher Adressat, gleicher Absender. Jedoch kein Poststempel. Durchgehend gleiche Handschrift. Diese Karte weist keine großen Verunreinigungen auf und nur eine DNA-Spur."

Santini, der seinen Stuhl etwas zurückgestellt hatte, begann sich nervös eine Zigarette zu drehen.

"Diese Spur", so der Ispettore weiter, "wurde auch am Mordopfer gefunden."

Jetzt war die Angespanntheit im Raum kaum noch zu ertragen. Sämtliche Anwesenden hielten den Atem an und es schien, als wäre der komplette Raum luftleer. Es war so leise, dass man das Kratzen des Bleistifts hören konnte, den der Segretario hastig über das Papier gleiten ließ.

"Das Mordopfer wurde erwürgt, in die Tiefkühltruhe geschafft und tiefgefroren. Mit flüssigem Stickstoff wurde versucht, jegliche Spuren sowie die Leiche selbst, verschwinden zu lassen."

"Oh mein Gott!" Das Entsetzen, das die Anwesenden ergriff, breitete sich aus. Das Büro des Ispettore schien kälter geworden zu sein, ohne dass die Temperatur gesunken war. Die bloße Vorstellung dieser grauenhaften Tat, ließ den ein oder anderen Gänsehaut bekommen.

"Ich sagte, versucht." Der Ispettore stand auf, trat hinter seinem Schreibtisch hervor und ging während er weiterredete vor den Zeugen hin und her. "Versucht deshalb, weil dieser Plan schiefgelaufen ist. Der ständige Stromausfall hat dazu beigetragen. Das Opfer konnte eindeutig identifiziert werden." Der Ispettore nickte dem Segretario zu.

"Daniele, bitte holen Sie jetzt unseren letzten Zeugen herein."

Während der Segretario das Büro verließ, wandte sich der Ispettore an Hildrut.

"*Grazie mille*, Signora Pavini. Dank Ihres hervorragenden Spürsinns, konnte dieser Fall eine Kehrtwende machen, ohne die wir niemals, auch nur ansatzweise, die Wahrheit herausgefunden hätten."

Hildrut schaute überrascht und ein wenig verwirrt auf den Ispettore. Alle anderen starrten auf Hildrut und erwarteten eine Erklärung. Doch sie zuckte nur mit den Schultern und schien angestrengt nachzudenken.

Sabine spürte plötzlich ein Gefühl von Wärme in ihrem Brustkorb und es war, als ob ein leiser Windhauch ihre Haut streichelte. Zuerst dachte sie, es käme von der Bürotür, die sich gerade wieder geöffnet hatte. Doch dann blickte sie auf und sah in die Augen des Mannes, der hinter dem Segretario den Raum betrat. Ihr Atem stockte, als sie ihn erkannte. Als er ihr zulächelte, etwas schelmisch jungenhaft, war sie sich sicher, dass auch er sie erkannt hatte. Ihr Gefühlskarussell das sich jetzt drehte, ließ sie erzittern. Vor unermesslicher Erleichterung begann sie zu strahlen. Tausend Gedanken rasten durch ihren Kopf, aber keiner ließ sich fassen. Noch bevor sie ein Wort sagen konnte, begann der Ispettore.

"*Scusi*, Signora Sabine. Es tut mir leid, dass Sie so lange leiden mussten, aber wir durften die Ermittlungen nicht gefährden." Und an Hildrut gewandt sprach er weiter, mit einem heiteren Schmunzeln. "Signora Pavini, darf ich Ihnen vorstellen. Der Ranger, besser gesagt, einer der beiden Ranger der Isola Montecristo. Alessio Diodato. Signor Diodato, bitte setzen Sie sich. Wo waren wir stehen geblieben?"

Der Segretario begann in seinem Protokoll zu blättern und las die letzten Notizen vor. Aber niemand verstand ein einziges Wort, denn der aufkommende Tumult, den das Erscheinen des sogenannten letzten Zeugen verursachte, übertönte alles. Alle redeten durcheinander und sämtliche Fragen und Ausrufe schwirrten durch den Raum.

Nur Santini saß schweigend auf seinem Stuhl und kaute auf seiner Zigarette. Sein Blick schwirrte nervös zwischen dem Ispettore und seinem Arbeitgeber Defabien hin und her.

Alessio Diodato hatte sich auf den letzten freien Stuhl am Fenster gesetzt. Er schob die Ärmel seiner Rangerjacke nach oben, verschränkte seine Arme

und ließ seinen aufmerksamen Blick über alle Anwesenden schweifen. Langsam beruhigten sich alle.
Sie sahen ein, dass nur der Ispettore Ihnen die Er-
klärungen liefern konnte, die sie erwarteten. Dies
würde aber nur dann geschehen, wenn Ruhe eintrat.

Der Segretario ließ noch ein strenges "*Silenzio*[70]"
von sich hören und kurz darauf wandte sich der Ispettore an Monique.

"Nun Signora Defabien, auch Ihnen gilt mein
herzlichster Dank. Erstens für das Autogramm,
zweitens dafür, dass Sie mir meinen Verdacht bestätigt haben. Ihre Yacht Tessa, sowie die Helena
waren weder in Korsika, noch am 20. August in
Nizza. Was uns natürlich auch die dortigen Hafenkommandanturen bestätigt haben. Somit wurde die
Aussage Ihres Gatten eindeutig widerlegt. Eine
Frage. Sie haben die Postkarten geschrieben. An
wen dachten Sie, werden die geschickt?"

"Ich habe gar nichts gedacht." Monique hielt sich
ihr Riechfläschchen mit den Swarovskisteinen unter ihr Näschen.

"Und die Karte aus Bastia, Signor Defabien, haben Sie dann wohl komplett selbst geschrieben?"

Claude Defabien saß leichenblass auf seinem Stuhl.
Seine schwarzer Scheitel hing ihm ins Gesicht und

---

70   Ital.: Ruhe

auf der Stirn bildeten sich die ersten Schweißperlen.

"Nur war die Zeit wohl zu knapp, mal schnell mit ihrer Helena nach Korsika zu schippern um sie dort aufs Postamt zu bringen? Oder hatte Ihr fleißiger Angestellter seinen Auftrag nicht nach Ihren Wünschen ausgeführt. Genau so, wie er den Stromausfall in Ihrem Campeggio nicht im Griff hatte?"

Claude schnellte hoch und sprang auf Santini zu. Packte ihn mit beiden Händen an der Kehle. Schüttelte ihn und schrie mit schriller Stimme. "*Bouffon*[71]! Du faules Schwein! Du kannst nichts anderes, als den ganzen Tag in der Bar zu sitzen und an deine blöden Glimmstengel zu denken. Du Trottel! Warum hast du die Karte nicht verschickt! Ich zahl dir jeden Monat das verdammte Geld und du hältst dich an keine Abmachung. *Merde*!"

Santini lief schon blau an und der Ispettore und Alessio versuchten ihn zu befreien. Doch Claude klammerte seine Hände um Santinis Hals und trat gleichzeitig mit seinen Füßen nach den Beiden. Der Segretario lief an die Tür und rief die Carabinieri, die draußen warteten. Plötzlich war der Raum voll von ihnen und Claude sah in die Läufe von mindestens fünf Beretta 92 FS-Pistolen. Schließlich sackte

---

71   Franz.: Blöder Sack

er in sich zusammen und lies von Santini ab. Die Carabinieri setzten den wutschnaubenden, rot angelaufenen Defabien auf seinen Stuhl und hielten ihn fest.

Monique heulte und ihr teures Make-up lief in bunten Streifen über ihr Gesicht. "Claude, Cherie was tust du mir an."

"*Ta gueule pouffiasse*[72] " zischte Claude.

Hildrut und Ulisse hatten sich sogleich um Santini gekümmert, der sich relativ schnell wieder erholte. Immer wieder ging sein Blick erschrocken zu Claude. Ulisse hatte sich hinter den Stuhl von Santini gestellt und beide Hände auf dessen Schultern gelegt. "Ispettore, ich verstehe gar nichts mehr. Wir dachten, wir sind hier weil ein Rettungsschwimmer ermordet wurde. Der sitzt jetzt da, als wenn nichts gewesen wäre und dieser arme Mann hier wird grundlos angegriffen. Was für ein Spiel wird hier gespielt?"

"*Scusi*, Signor Pavini, Sie haben Recht. Als wir die Leiche fanden, gingen wir tatsächlich davon aus, dass es sich um den Rettungsschwimmer Alessio handelt. Schließlich sprachen alle Indizien dafür."

---

72   Franz.: Maulhalten, Schnepfe

"Pah, die Idioten von der Spurensicherung", spuckte Claude aus, "das sollen Indizien sein? Nicht jeder, der eine Trillerpfeife bei sich hat, ist ein Rettungsschwimmer. Schwachsinn!"

"Nun denn, Signor Defabien, dann erklären Sie uns doch bitte, wer da in der Kühltruhe lag." Der Ispettore war auf Claude zugegangen und stand jetzt vor ihm. Er fixierte ihn mit bohrendem Blick.

Claude senkte den Blick und schwieg.

"Ispettore, wenn ich erklären dürfte." Alessio war aufgestanden.

Wie er so im Raum stand und alle Augen auf ihn gerichtet waren, machte sich eine seltsame Ruhe breit. Es schien als stünde die Zeit kurz still. Der Ispettore nickte ihm zu und Alessio fuhr fort.

"Seit mehr als vier Jahren versuche ich schon diesen Schuft Defabien zu erwischen. Ich war fest entschlossen, ihm endgültig das Handwerk zu legen, aber es war schwer an ihn heranzukommen. Schon jahrelang macht er ungeschoren gemeinsame Sache mit fragwürdigen internationalen Chemiekonzernen und der Mafia. Umweltverschmutzung, illegale Müllentsorgung und Giftmülldepots sind nur ein Teil davon. Sämtliche Boden und Sandproben, die ich damals am Campeggio gesammelt und zur Analyse eingeschickt hatte, waren nachweislich verseucht. Leider waren die Behörden nicht raffiniert genug gewesen, ihn zu fassen. Erst als dieser Mord ans Licht kam, wurde die Staatsanwaltschaft aufmerksam und endlich bekamen wir auch Zutritt zum Campeggio. Das wurde nicht zwangsgeschlossen vom Amt für Naturschutz, wie Defabien behauptet hat, sondern er hat es als Schuttplatz benutzt. Die Proben, die ich in diesen Tagen untersucht habe, lassen vermuten, dass auch unter dem ehemaligen Beachvolleyballfeld industrieller Sondermüll verscharrt wurde."

Er machte einen Schritt nach vorne und richtete sich nun direkt an Defabien. Man sah ihm an, wie aufgewühlt er war und seine Stimme wurde lauter, anklagend und überschlug sich fast.

"Sie haben aus einem Ferienort, der zu Erholung und Entspannung dienen sollte, eine lebensbedrohliche Müllhalde gemacht. Unschuldige Menschen gefährdet und tiefgreifende Schäden an der Umwelt verursacht. Warum haben Sie die Giftfässer ausgerechnet unter dem Wellenbrecher deponiert? Dort einfach nur abgestellt, öffentlich zugänglich! Jedes Kind hätte mit dieser giftigen Substanz in Berührung kommen können. Defabien, warum?"

"Da waren Verbotsschilder dran. Da hatte niemand was zu suchen."

Alessio trat noch mal einen Schritt vor, jedes einzelne Wort betonend.

"Das war nicht die Antwort auf meine Frage!"

"Musste schnell gehen", Defabien ballte seine Hände und grinste verzerrt. "Wir wurden überrascht. Der Plan war, alles zu versenken, draußen auf dem Meer. Da hätte es niemanden gestört."

"Und niemand hätte von den Fässern gewusst und deswegen sterben müssen."

Alessio machte eine kurze Pause, schloss die Augen, atmete tief ein und aus.

"Welch Ironie des Schicksals, dass ich tot in einer Kühltruhe mehr bewegen konnte als lebend."

Sabine begann langsam zu verstehen. Auch was ihre Rolle in diesem ganzen Szenario war. Wie viele Zufälligkeiten und Kleinigkeiten waren hier zu einem Puzzle zusammengefügt worden. Alle hier im Raum hatten ein Stück dazu beigetragen, damit dieser Fall gelöst werden konnte. Sie betrachtete Alessio, der sich ans Fenster gestellt hatte und sie konnte nur ahnen, was er in den vergangenen Jahren alles versucht hatte um seine Ideale zu vertreten. Er hatte Himmel und Hölle in Bewegung gesetzt, um Aufklärung und Gerechtigkeit gelten zu machen.

"Ja, ist da jetzt eine Leiche oder nicht?", fragte Ulisse mit belegter Zunge.

"Signor Defabien", der Ispettore hatte sich wieder gesetzt, "wollen Sie nicht Signor Pavini verraten, wen Sie da vor vier Jahren erwürgt haben und anschließend in die Tiefkühltruhe gepackt haben? Der Pathologiebericht liegt hier, soll ich ihn vorlesen oder ...?"

Claude begann jedes einzelne Wort aus sich herauszupressen, seine rot unterlaufenden Augen schienen aus den Augenhöhlen hervorzuquellen. "Diese kleine Ratte Rocco stand vor mir und wedelte mit den Salvataggio-Shorts. Er nervte. Er wollte mich erpressen, dachte er könnte noch mal den Preis hochtreiben und richtig absahnen. Dieser verdammte *Fils de pute*[73] hat nichts anderes verdient."

"Du hast ...Rocco...umgebracht? Aber *Mon Cherie*, das kann nicht sein. Das bist du nicht! Ispettore, das muss ein Irrtum sein. Mein Mann würde so etwas nie tun. Claude, ich muss auf die Fashion Week, mein Interview mit der Vogue ..." Monique versuchte Claude aus den Händen der Carabinieri zu reißen, wurde nun aber selbst festgehalten und schluchzte heulend auf.

---

73   Franz.: Hurensohn

"Claude Defabien, Sie sind hiermit festgenommen, wegen Mordes an Dario Rocco. Sie haben das Recht zu schweigen, aber wenn Sie dem Oberstaatsanwalt ein paar Namen nennen und Ihre Verbindungen zu kriminellen Organisationen offenlegen, wird sich das strafmildernd für Sie auswirken." Der Ispettore nickte den Carabinieri zu, die Claude die Hände auf dem Rücken mit Handschellen fixierten. "Abführen!"

Monique stand wie verloren im Raum, alles war so schnell gegangen. Sie stammelte vor sich hin. "Das ist nicht mein Mann, das ist nicht der Claude, den ich kenne. Ich muss zu ihm, er muss ..."

Sie wollte den Carabinieri folgen, aber Alessio stellte sich ihr in den Weg.

Er sah Monique an. "Je glänzender und schöner eine Maske ist, desto hässlicher und grausamer ist die Fratze, die sie trägt."

Monique warf Alessio einen Blick zu, der eindeutig war. Sie hatte die Worte zwar gehört, aber verstanden hatte sie sie nicht. Sie drehte sich um und lief, Haltung bewahrend, hinter den Carabinieri her, die Claude abführten.

Kapitel 28

Auf der Fi Pi Li war kaum Verkehr, als Sabine am frühen Morgen dort entlang fuhr. 'Jetzt sehe ich das Meer im Rückspiegel', dachte sie. Ja jetzt war sie auf dem falschen Weg. Er führte sie zwar nach Hause, aber nicht dorthin, wo sie gerne wäre. Sie wusste, was sie als Nächstes tun wollte und war fest entschlossen, es in die Tat umzusetzen. Gleich am Montag würde sie ihrem Chef die Kündigung auf den Tisch legen und sich eine Auszeit nehmen. Ein halbes Jahr vielleicht auch länger. Ihre Wohnung aufzugeben fiel ihr nicht schwer, genau so wenig, wie ein paar Freunden Ciao zu sagen, viele waren es ja nicht. Sie würde sich sozusagen ein Sabbatjahr gönnen und einfach drauflos reisen.

Den ersten Stopp würde sie in Porto Santo Stefano machen. Der Monte Argentario war ganz in der Nähe der Isola Montecristo und sie somit ganz in der Nähe von Alessio. Das Wiedersehen mit ihm hatte ihr bisheriges Weltbild jetzt endgültig durcheinandergebracht. Sie spürte, wie sie alles in Frage stellte, ihr ganzes Leben und Denken bis dahin. Vor allem aber ihre Gefühlswelt war gehörig ins Wanken gekommen. Sie wusste nicht mehr, ob Alessio ein Life Coach für sie war, ein Freund ...oder ob sie sich in ihn verliebt hatte.

"Lass es uns doch gemeinsam herausfinden", hatte er gesagt und ihr zum Abschied auf die Stirn geküsst.

FINE

Grazie di cuore

Von der Idee bis zu dem Moment, indem Worte gedruckt auf Papier greifbar werden, braucht es außer der Inspiration auch Menschen, die ermutigen, Rückhalt geben und an dich glauben. Ein Dankeschön von ganzem Herzen gilt meiner Tochter Monja fürs Mutmachen, meiner Tochter Josy, meinem Mann Christian, meiner Schwiegertochter Ellen, meiner Lektorin Corinna fürs Korrigieren, grammatikalisch und inhaltlich und meiner Italienischlehrerin Stefania, für die Italienischkorrektur. Danke, dass ihr mich bei dem Abenteuer 'einfach mal ein Buch schreiben' unterstützt und hilfreich begleitet habt.